Le vent dans les feuilles

Le vent dans les feuilles

Sarah Wall

Édition : BoD · Books on Demand GmbH, In de Tarpen 42, 22848 Norderstedt

(Allemagne)

Impression : Libri Plureos GmbH, Friedensallee 273, 22763 Hamburg (Allemagne)

ISBN : 978-2-3225-4161-4

Dépôt légal : novembre 2024

Remerciements

Un immense merci à Nadège qui m'aura accompagnée tout au long de ce projet. Je souhaite m'adresser également à tout le personnel des EHPAD qui veille au bien-être des résidents. Le mérite de ces hommes et de ces femmes, travaillant tous les jours à leur côté, est immense.

Merci à tous ceux qui m'ont relu et apporté leur soutien.

Lundi 2 octobre 2023

L'air est très doux ce matin, les feuilles se détachent doucement de leurs arbres. Un temps d'été dans des couleurs d'automne. Ils annoncent 30 degrés pour cet après-midi. A peine plus chaud qu'hier. Aux informations, ils s'inquiètent de savoir si la chaleur perturbera la période de reproduction des cerfs. Préoccupations météorologiques auxquelles nous nous habituons, petit à petit, en tentant de ne pas trop y penser afin de ne pas devenir fou.

L'automne est ma saison préférée. Sa douceur, son odeur et ses couleurs bien sûr. Mais ce qui me touche particulièrement, c'est la précipitation lente d'une forme de vie qui court à sa fin. Au printemps, nous avons le temps, nous faisons des plans sur l'avenir, la vie s'offre à nous. Pendant l'été nous oublions le temps et nous nous laissons porter. À l'automne, tout s'emballe. Nous profitons de chaque opportunité pour profiter des derniers rayons du soleil comme s'il ne réapparaîtrait plus. Nous touchons du doigt notre propre impermanence à chaque fois qu'une bourrasque arrache à son chêne une feuille fragile, toute sèche, marron, et triste. En automne, lorsqu'il y a tempête, c'est toujours avec nostalgie et tristesse que nous regardons les arbres se décharner. Ces jours-là, je crie en moi-même : Stop ! Il y a trop de feuilles qui tombent d'un coup ! Ça va beaucoup trop vite ! Puis je me résous à les regarder au sol, elles qui, il y a encore peu, étaient vertes et tenaient tête à toutes les météos et à toutes les invasions d'insectes du monde. A chaque fois, cela me bouleverse. Et à chaque fois, j'adore ça. Me rendre à l'EHPAD en automne est un hasard du calendrier. Ou pas.

Assise dans ma petite auto, je n'ai en réalité aucune idée du voyage que je m'apprête à vivre. Je me rends à ce premier rendez-vous avec toute la naïveté du monde, ignorant que cette rencontre ainsi que toutes celles qui suivront, me marqueront à jamais. Je ne connais pour l'heure ni leurs noms, ni leurs visages. Je ne sais combien de résidents de l'EHPAD voudront participer à mon projet d'écriture. Est-ce que cela va les intéresser ? Vais-je être à la hauteur, moi qui ne suis pas écrivaine ? Questions et appréhensions se bousculent dans ma tête durant le court chemin qui me mène au Colombier, fenêtres ouvertes, humant les parfums d'un été qui ne souhaite pas en finir.

Renée Guéguen, née le 6 mars 1933

Mamie Guéguen, c'est trois dates à la minute, neuf voyages à Lourdes, et un sourire qui l'habite, même quand elle le perd. Un petit bout de bonne femme comme on dit. Cela étant, je l'ai toujours vu assise alors difficile de détailler sa mesure ! Mais c'est la première chose que j'ai remarqué. Un tout petit bout de femme au large sourire, avenante, avec deux yeux qui pétillent.

Renée est une fille de ferme de Saint Christophe du Ligneron qui allait à l'église en char à banc tous les dimanches. Elle a arrêté l'école à douze ans. Elle travaillait à la ferme de son père avec son frère et sa sœur. Sa sœur, elle l'adorait. Lorsque je lui demande quels seraient ses meilleurs souvenirs de cette époque, elle me répond :

— Beh à la ferme c'est le travail. On est des travailleurs. Mon père me disait : « On va bêcher les choux et quand on aura fini de bêcher on ira à la mer ! » Beh on n'y a jamais été !

Et elle rigole. La mer, elle y allait à bicyclette. À Saint Gilles Croix de Vie d'abord, puis à Saint Jean de Monts. Le dimanche bien sûr, car tous les autres jours étaient travaillés. Je m'imagine notre petit bout de femme sur son grand vélo sans vitesse à la selle dure comme une planche, accompagnée de sa sœur, volant sur des routes cailloutées vers une odeur de sable chaud, loin de la terre et de la bouse de vache. Quatre-vingts kilomètres aller-retour me dis-je… J'émets l'idée qu'elle empruntait peut-être des petits chemins de traverse :

— Ah beh non mais y'avait presque pas de voitures ! Y'avait que les boulangers et les médecins qui avaient des voitures !

Je réalise un peu naïvement que Renée empruntait des routes que je n'emprunterais jamais. Le remembrement des années soixante a profondément changé les paysages et les réseaux routiers.

— Le remembrement, ça a mis les gens dos à dos. Ils sont venus pour mesurer mon terrain là… mais… je sais pas pourquoi ! Pis mon voisin il était jaloux parce qu'ils avaient pas mesuré l'sien ! Je peux pas m'empêcher de rire quand j'y pense !

Renée a rencontré Guy lorsqu'elle avait 14 ans. Il était venu aider à la ferme. Sa sœur étant partie pour suivre sa formation de religieuse et son frère n'ayant que 11 ans, elle ne suffisait plus à aider son père qui était souvent malade. Guy est un enfant de l'orphelinat de Poitiers. À ses 14 ans, il dut quitter sa famille d'accueil pour devenir ouvrier agricole. À la question de savoir si ce fut le coup de foudre, elle me répond :

— Ah pas le coup de foudre, non non non ! J'aimais pas lui parler ! J'étais timide si vous saviez !

Guy et Renée ont acheté leur terrain à Saint Etienne du Bois au lieu-dit la Boisselière en 1955. Guy a creusé les fondations à la pioche. De la pierre et de l'argile, chargées à bras d'homme dans des brouettes, puis sur un plateau tiré par un cheval, pour être déchargées dans les fossés. « Fallait le faire » qu'elle me dit… tu m'étonnes... Ils y emménagent en décembre 1960.

Ils ont eu 7 enfants en dix ans. Chaque fois, c'est le médecin, seul dans sa petite auto qui est venu aider Renée à accoucher. Enfin non. Ses deux derniers elle les a vu naître à l'hôpital de Challans. Elle se souvient de beaucoup de dates. Pas une saison sans son lot de naissances et de disparitions pour Renée. Peut-être invente-t-elle parfois me dis-je. Je ne serais pas surprise qu'elle connaisse la date du décès de Jean-Paul II, ou tout du moins qu'elle m'en trouve une, au milieu des 365 dont elle dispose.

Aujourd'hui, Renée a un anniversaire à célébrer mais personne à qui le souhaiter. Le 2 octobre 1967 naissait Jean-François, le dernier de ses sept enfants.

Mais rapidement, succède à cette date celle de son décès, le 19 juin 1968. La maladie bleue comme on l'appelait. Huit mois. Un automne, un hiver, un printemps.

René, le sixième enfant, est né avec un handicap à son bras gauche. De sa main, il ne peut se servir que d'une pince qu'il forme avec son index et son majeur. Mais René, c'est le champion du monde de natation handisport de Göteborg en 1986.

— Je suis champion du monde qu'il me dit ! Comme ça !

Elle mime une personne qui n'en fait pas grand éloge. Il fut l'un des enfants du bassin de Grandlandes aujourd'hui disparu. Le fameux !

J'use de mon temps et profite de la conversation jusqu'à la dernière minute. C'est l'heure du déjeuner. Lorsque Renée s'attable, tous les résidents ont déjà commencé leur repas. Je lui dis à bientôt, quitte la capsule temporelle, et je rentre dans mon auto pour parcourir 200 mètres.

Marie Robin, née le 13 décembre 1924

Marie aime passer du temps dans sa chambre. Elle a ses petites habitudes. Ses lectures, son petit tricot pour les enfants prématurés de l'hôpital, sa petite sieste, ses programmes télé, et les nombreuses visites de sa famille. Cela lui suffit. Elle n'est plus d'humeur à participer aux multiples activités qui lui sont proposées par Nadège, l'animatrice de l'EHPAD. Elle attend. Parfois, quelque chose de vif s'empare de son regard, cette femme est pleine d'énergie. Mais l'énergie, elle n'en veut plus. Elle attend. Cela fait 11 ans qu'elle vit au Colombier. Lorsque ce chiffre sort de sa bouche, c'est comme si un innocent pourtant condamné, vous avouait le nombre d'années que contenait sa peine. Avec une sorte d'ahurissement, de tragédie, et de profonde tristesse dans le regard, un sanglot dans la voix. Marie aura 99 ans dans deux mois. Elle en paraît quinze de moins. Elle voit et entend parfaitement bien, possède une parfaite élocution, et se souvient des 35 prénoms de ses arrière-petits-enfants. Marie commence par me raconter les grandes lignes de sa vie.

— J'ai vécu à Saint Etienne du Bois, dans une ferme à La Grande Villeneuve avec mes parents et mes grands-parents, jusqu'à mes 14 ans. Après on est parti dans une ferme plus grande aux Lucs Sur Boulogne. J'étais l'aînée de trois enfants. A l'époque, on finissait l'école à 12 ans. Moi j'aurais aimé être institutrice. Mais mes parents m'ont dit : c'est la terre ou rien ! Alors ma vie en a été vraiment bouleversée parce que ce n'était pas mon goût ! Moi j'aimais lire et écrire ! Je ne voulais pas rester en ferme ! Pis finalement j'y ai passé ma vie. Vous savez autrefois, les parents, ils préféraient sacrifier les enfants. Il fallait faire le travail ! Alors je suis allée aux champs tous les jours… jusqu'à mon mariage. Mais… j'ai pris un fermier !

Cette ironie la fait rire.

Marie porte une tristesse qui se lit sur son visage, bien cachée derrière ses traits doux acquis à force de gentillesse. Je ne sens pas d'amertume. Juste un peu de regret et de la lassitude. On ne peut pas vivre aussi longtemps sans souffrir corps et âme. Elle me dit et me répète : « Vivre jusqu'à 99 ans, pour quoi faire ? Pourquoi moi ? Ils sont tous partis. Ils m'ont laissée. »

Se voir offrir une vie longue sans avoir pu choisir ce que l'on veut en faire, c'est comme vivre un coup pour rien. C'est comme regarder des trains passer sans jamais pouvoir monter dedans me dis-je. Alors quand elle me pose cette question, à moi qui ai eu tous les choix et toutes les opportunités de ma génération… je la regarde et lui souris tendrement. Que puis-je lui répondre ? De toute façon je n'ai pas le temps. Marie a beaucoup à dire. Difficile de l'interrompre pour lui poser une question tant elle est concentrée sur son récit.

— Avec Martial on est parti à St Denis là-bas. Lui aux champs et moi je m'occupais des vaches. Mais il fallait les traire deux fois par jour, passer le lait à l'écrémeuse, et aller au château faire le beurre ! Et moi, j'avais une petite fille de quelques mois… Heureusement il y avait une vieille dame qui était gentille comme tout et qui me la gardait pour m'aider un peu. Le dimanche on allait aux Lucs voir les parents, mais on n'avait pas de voiture ! Alors on était à vélo, et on traînait le landau à vélo ! Avec mon mari on a eu 9 enfants. On n'avait pas d'argent à la maison ! Je peux vous dire que ça n'a pas été rose tout le temps. Malheureusement, j'ai perdu trois de mes fils sur quatre. Alors très souvent je dis au seigneur : ne me prenez pas celui-là ! J'en ai qu'un !

Marie a la voix qui tremble et le regard qui supplie. Mais pas le temps de s'arrêter. Elle reprend son récit.

— Mais j'ai 5 filles ! Ça a été une drôle de vie ! Pis à ce moment-là on n'avait pas de confort, pas de machine à laver pour nettoyer les couches ! Je vous assure qu'on a trimé. Porter les seaux de lait de vingt litres, pis traire les vaches… on n'avait pas de machine ! J'avais de l'arthrose avant d'arriver à la retraite ! Alors on a sorti de la ferme et on est revenu à Saint Etienne. J'avais environ 60 ans.

Petit à petit, après une série d'accidents et de chutes, Martial doit partir en maison de retraite sur les conseils du docteur. Il a alors 88 ans. Marie et Martial sont de la même année. Mais contrairement à son mari, elle continue de faire son ménage, de se déplacer normalement, de vivre une vie qui la rend heureuse dans ce petit appartement communal dans lequel ils avaient emménagé.

Martial est ferme sur ce point, il n'ira en maison de retraite qu'à la seule condition que sa femme l'accompagne. Marie a les larmes qui lui montent aux yeux.

— Ça n'a pas été de gaieté de cœur ! J'ai mis au moins six mois avant de pouvoir passer devant l'appartement. On était si bien ! Puis il a commencé à perdre un peu sa tête, et je ne pouvais pas le laisser cinq minutes ! Ah beh non ! Un jour, je remonte le couloir pour rentrer dans notre chambre, et je l'entendais hurler ! Je l'avais abandonné, rendez-vous compte. J'étais juste partie manger ! Pis il parlait la nuit parce qu'il ne dormait pas ! Alors je lui disais :

« Laisse-moi donc dormir, arrête de parler ! » Pis lui me répondait : « Y dors pas, y'a pas d'raison qu't'o dors. »

La santé de Martial décline. Un matin, Marie regarde ses six enfants, soudés dans les épreuves comme à leur habitude, réunis dans la chambre de l'EHPAD venus pour lui annoncer : « Papa est mort »

— Alors je suis restée là, sans rien dire. Nous avions perdu notre fils Dominique, celui qui nous faisait tant rire, un mois auparavant. Un cancer.

La voix de Marie se crispe à nouveau. A cet instant de l'entretien, je me projette 50 ans dans le futur. Je prends doucement sa place, assise dans ce fauteuil orné de coussins et de couvertures. Je sens mon corps lourd et mes mains frêles. J'ai comme seule compagnie le film de mes souvenirs. Alors qu'elle s'apprête à me raconter ce qu'elle a dû vivre de pire, je prie pour que mon film à moi ne soit rempli que d'images de rires et de champs fleuris, de gros temps sur le bord de mer, de repas arrosés en terrasse, de visages aimés à jamais souriants, de vent dans les feuilles d'été.

Marie me raconte alors la douloureuse perte de ses enfants. Dominique ne voulait pas se soigner. Il se savait malade mais ne voulait pas se rendre chez le docteur et se condamna, peut-être. Avant cela, Marie a perdu Martial, son premier fils, lorsque celui-ci n'avait que 19 ans. Il s'est fait renverser par un camion sur le carrefour de La Grande Villeneuve alors qu'il roulait à vélomoteur.

Ce qui est étonnant, c'est que Marie aura un mot de sympathie pour ces ouvriers pourtant responsables de son malheur. « Des ouvriers vraiment bien ! ». Puis elle dira la même chose de la dame qui leur a causé un accident un dimanche matin, en se rendant à la messe. Elle se montre pleine d'empathie pour une femme qui leur a pourtant causé du tort et envoyé Martial père, à l'hôpital. Elle m'explique qu'elle ne porta pas plainte car la pauvre ne voyait que d'un œil, avait nombre de petits enfants à sa charge et venait juste de retrouver un emploi…

Puis elle me parle de son fils Daniel, qui était cuisinier à l'EHPAD de Belleville Sur Vie. Il aimait son métier et adorait « ses petits vieux » comme il les appelait. C'était un peu comme une deuxième famille. Daniel fut pris de violents maux de tête accompagnés de vomissements. Après deux diagnostics concordants, il apparaît que Daniel souffre d'une simple migraine. Il s'est couché dans son lit pour dormir, épuisé après plusieurs jours à souffrir, et ne se réveilla pas. Il avait 29 ans. C'est Marie qui l'a trouvé, allongé sur son flanc. Je ne peux qu'imaginer la scène. La peur, la sidération, les cris, la douleur, la résignation.

— La vie a pas été douce avec moi. Maintenant je n'attends qu'une chose, c'est de m'en aller les rejoindre. A 99 ans, que voulez-vous espérer ? Je demande une chose, c'est de mourir dans mon sommeil. Mais on n'est pas tous exaucés pareil. Alors voilà ma vie. Y'a qu'une chose, c'est que j'ai de bons enfants. Et puis j'ai eu 9 enfants, 20 petits-enfants, et 35 arrière-petits-enfants ! La dernière a un mois. Et je les perds pas de vue car à chaque instant ils viennent me voir !

Marie perd peu à peu sa tristesse à me parler de ses petits-enfants. J'en profite alors maladroitement pour lui demander ses meilleurs souvenirs de week-end et de vacances pour l'amener à penser à des choses plus douces.

— Ah non nous les vacances on pouvait pas avec la ferme. On n'est jamais partis en vacances. Pis je passais tous mes dimanches après-midi à laver les enfants. Parce qu'on n'avait pas de douche, rien du tout dans ce temps-là ! Ils en rigolaient encore l'autre jour en en reparlant ! Et dans notre secteur y'avait pas de fête de village. Pis vous savez, sortir avec 9 enfants, c'est pas facile… Il faut trouver à les habiller tout ça… Mais on allait au mois de Marie ! On y allait le soir et on chantait des cantiques. Et puis on allait à la fête des prix ! C'était la fête de l'école au mois de juin chaque année. Pis d'un autre côté mon mari n'aimait pas sortir ! Moi j'aurais bien aimé aller danser mais bon… Pis c'était pas la mode. Chacun restait chez eux. Ça manquait pas les grandes familles dans le coin. Alors on trouvait son sort heureux comme ça.

Quand j'étais plus jeune, les sorties qu'on faisait c'était d'aller à la foire de La Roche, à vélo ! Pis quand les Allemands sont arrivés, on a arrêté d'y aller parce qu'ils faisaient des rafles alors… Ils prenaient tous ceux qu'ils pouvaient sur leur passage hein ! Dès que quelqu'un leur parlait mal ou autre, c'était fini ! Alors nous on faisait attention. Pendant la guerre, quand on trouvait plus de vêtements, on allait au Longeron, dans le Maine et Loire, à vélo aussi (50 kilomètres aller). Tout le monde y allait là-bas ! Alors une fois on est partis tôt le matin, avec ma future belle-sœur et des amis. Pis quand on est arrivés, y restait plus de tissus ! Rien ! Alors sur le chemin du retour on en a profité pour visiter toutes les églises de tous les patelins qu'on traversait ! Je suis rentrée le soir vraiment fatiguée…

Vivre en ferme pendant la guerre c'était difficile, parce que les Allemands, ils ramassaient tout s'ils avaient envie. Ils payaient rien. Ils emportaient. Ils étaient chez eux partout. Y'avait un bonhomme en remontant vers Saint Sulpice, dans une ferme. Lui, il aimait pas les Allemands… Mais il était un peu stupide, il les insultait ! Alors un jour ils sont venus, et ils lui ont tout emporté : la charrette, le cheval, le vélo, tout ! Un matin, j'étais avec ma sœur et une petite voisine à la maison. Mes parents étaient partis. V'là que des Allemands arrivent. On était malades de peur. Il y en avait un qui était noir. Et le voilà qui prend la p'tite à son cou et qui l'embrasse. Lui aussi avait des enfants qu'il avait laissé j'sais pas où… Ils ont été très polis et ils sont partis. Mais après j'ai dit à ma sœur : tu te rends compte qu'il l'a embrassé ! Alors on a pris une serviette pour débarbouiller la p'tite !

Marie rigole en se couvrant la bouche, avec un regard qui en dit long sur son sentiment d'avoir fait une chose grotesque !

— Mais que voulez-vous ! On nous racontait tellement de vilaines choses !

Cela fait maintenant plusieurs fois que l'on frappe à la porte pour venir chercher Mme Robin. Après la stagiaire et l'aide-soignante, c'est Nadège qui a été dépêchée pour l'emmener à la salle à manger. Ça va être froid ! Marie a tellement de choses à dire que je vois dans son regard qu'elle n'a pas envie de s'arrêter. Nous programmons alors un nouvel entretien pour la semaine suivante. Je sors de sa chambre groggy, une heure et quinze minutes d'un flot de paroles incessant et d'émotions fortes ont eu raison de moi.

Je rentre à mon domicile et reprends le cours de ma vie. Une vie où je choisis quand je veux travailler, quand je veux me reposer, quand je fais mes courses, quand je vois mes amis... Une vie que je pensais pleines de contraintes. Ma vie, c'est le Club Med de Mme Robin et de ses camarades d'EHPAD.

Les jours passent, Marie me trotte dans la tête. Cette femme qui me paraissait si triste au début de nos échanges m'avait pourtant quitté avec une certaine légèreté. Elle n'a de tristesse que le poids de son âge abritant de douloureux souvenirs. Marie ne fut pas une femme triste. J'en suis persuadée.

Je retrouve avec empressement Mme Robin le lundi suivant. Je suis curieuse d'écouter à nouveau les histoires passionnantes d'une vie passée, et d'une époque révolue. Aujourd'hui, l'actualité d'un attentat contre des Israéliens résonne étrangement avec le récit qu'elle me fera aujourd'hui. Conflits armés de par le monde, attentats, crises diplomatiques... l'Histoire se répète. Mais pour l'heure, nous sommes bien dans sa chambre. Il y fait chaud. Elle a la chance d'être exposée au soleil levant. Ses rayons réchauffent l'atmosphère. Sa chambre est très lumineuse le matin. On se sent comme dans un cocon, loin du tumulte des actualités.

Nous reprenons notre conversation là où nous l'avions laissée.

— Quand les Allemands sont arrivés chez nous aux Lucs, ça a été une surprise de les voir. On savait pas. On était dans le champ avec ma maman et ma sœur en train de bêcher. On entend gazouiller au loin et on a dit, c'est pas vrai ! Ils sont arrivés jusque-là ! On a descendu en vitesse pour remonter les vaches à la ferme et on a dit aux hommes : « N'allez pas trop loin ! » On avait peur qu'ils les emmènent. Un peu plus tard on a caché deux de nos cousins dans la ferme parce qu'ils ne voulaient pas partir travailler en Allemagne. Sitôt qu'ils apercevaient quelque chose, ils se cachaient sous le foin dans la grange. Mais c'était pas prudent. Ils sont restés longtemps à la ferme. Mais aussitôt que les Allemands sont partis ils sont rentrés chez eux.

Rappel historique : En 1942, le gouvernement de Vichy met en place un dispositif appelé "La Relève". Celui-ci a pour but de mobiliser, sur la base du volontariat, nombre d'ouvriers pour aller participer à l'effort de guerre en Allemagne. Ils seront hébergés, nourris, et travailleront dans les usines ou dans les champs. L'envoi de volontaires sert de monnaie d'échange et permet la libération de prisonniers. Une grande propagande est mise en place avec des slogans tels que : « Ils donnent leur sang, donnez votre travail pour sauver l'Europe du Bolchévisme ». Ce plan ne provoque que peu d'engouement chez les jeunes travailleurs. Le gouvernement de Vichy édicte donc une loi pour pratiquer une Relève par réquisition, premier pas vers la loi de 1943 qui instituera ensuite le STO (Service de Travail Obligatoire). En septembre 1942, 68 000 jeunes travailleurs partirent en Allemagne, et 90 747 prisonniers ont pu rentrer en France. A la fin de la guerre, quiconque avait soutenu La Relève pouvait passer devant la Chambre Civique afin d'y être jugé et condamné pour collaboration. En tout, 100 000 personnes furent condamnées à la peine de dégradation nationale : perte du droit de vote, exclusion des fonctions de direction dans les entreprises, exclusion de l'enseignement, etc... Philippe Pétain par exemple, et l'auteur Céline, y furent condamnés.

Marie continue son récit d'anecdotes sur cette période particulière qui nous fascine tous, tant elle est lointaine et proche à la fois.

— Y'avait un couvre-feu à 21h. On était chez mon oncle un soir à faire une veillée. Papa et son frère jouaient aux cartes et ils voyaient pas l'heure ! Alors ma mère s'impatientait ! Elle disait : « Ça y'est, on va être bon pour aller éplucher les patates toute la nuit ! »

24

Crédule je lui demande ce que cela veut dire.

— Ah beh si les Allemands vous trouvaient, ils vous emmenaient faire des pluches toute la nuit, ou n'importe quoi qu'il y avait à faire ! Alors nous on est parti en catimini sur la route de Legé. On essayait de pas faire de bruit mais mon père avec ses sabots... il faisait un peu de bruit ! D'un coup on les aperçoit arriver à pied. Alors on s'est caché dans un grand laurier, tous ! Et on a attendu qu'ils passent pour sortir. Je vous assure qu'une fois qu'ils s'étaient éloignés, on a marché sur la banquette pour pas faire de bruit, et au premier champ, on a détalé ! Et on s'est dit beh dam, on r'tournera pas à la veillée !

Je lui demande si dans une Vendée profondément chrétienne, elle avait eu vent d'histoires de Juifs cachés.

— Ah beh des Juifs y'en avait pas non. Mais à Paris y'en a beaucoup qu'ont été sacrifiés. Je sais pas pourquoi qu'ils aimaient pas les juifs. Et ça r'commence aujourd'hui pareil...

Je réalise peu à peu que sa guerre est très différente de celle que j'ai pu étudier. De celle que je crois connaître. La mienne est remplie de dates importantes, de sigles, de noms, de lieux, de nombres qui ne lui parlent pas. Pour Marie la guerre ce sont des souvenirs de vie quotidienne.

— Y'avait un jeune couple qu'était venu se réfugier aux Lucs. Mais on savait pas trop ce que c'était hein ! Ils avaient un bébé. Complètement démunis qu'ils étaient. Les boulangers les avaient logés, et prêtés leur berceau. La boulangère avait donné sa robe de mariée pour fabriquer les rideaux du berceau... On leur donnait tout parce que vraiment, on avait l'impression que c'étaient des gens bien ! Ils parlaient pas français soi-disant... Pis quand les Allemands sont partis, ils ont disparu sans crier gare ! Ils étaient là pour les renseignements, pour écouter quoi. Des espions si vous voulez.

— Y'a une résidente de l'EHPAD qui s'est mariée avec un Allemand. Elle a eu un fils qui vient la voir, qu'est très gentil. Les hommes... ils aimaient pas les Allemands. C'étaient des Boches ! Nos parents et grands-parents avaient fait la guerre de 14 voyez-vous... Ils leur trouvaient peu de qualités ! Mon beau- père était prisonnier en Allemagne pour les travaux forcés. Il était accueilli dans une famille très très bien ! Ils avaient leur fils qui était également prisonnier en France. Mais mon beau-père lui, il s'est jamais plaint. Y'a des gens bons partout ! Pis aujourd'hui voir c'qu'on voit... c'est terrible.

Ce qui va nous mobiliser pendant les vingt prochaines minutes, c'est la nourriture. La bonne nourriture d'antan, avec de bons légumes, lui manque

26

terriblement. Elle me parle des recettes de sa grand-mère. La blanquette de veau, les caillebottes réalisées avec des chardons pour faire cailler le lait le jour de l'ascension, le pilaï (patois du millet au lait), les galettes de blé noir au beurre sur la galettière dans la cheminée, la recette de la fressure qu'il fallait remuer pendant des heures...

Il est 12h30, nous sommes très en retard pour le déjeuner. Je quitte Marie en la déposant à la salle à manger. Nous nous disons au revoir avec les yeux. Des regards profonds. De ceux qui vous trouvent tout au fond. C'est émouvant et gratifiant d'éprouver de tels sentiments envers des inconnus d'un autre siècle.

Madame

Ce soir je rencontre une personne dont je ne vous raconterai pas l'histoire. Pas de grandes épopées sur les routes de campagne, pas de galère de couches à laver, pas non plus de recettes de cuisine. Madame souhaite s'entretenir avec moi, tout en gardant l'anonymat.

Nous venons de changer d'heure, le soleil se fait bientôt rasant, pourtant il n'est que 17h. Il pleut depuis des jours et nous en avons encore pour au moins une semaine. A l'instant de notre rencontre se produit une éclaircie. Cela égaye le paysage de Madame par sa fenêtre. Quelques plantes sont toujours en fleurs sur sa terrasse. Elle affectionne ce petit bout de nature que l'on perçoit. Je me dis qu'on est bien aussi côté ouest. Le soleil couchant est tellement poétique. Je sais que dans quelques minutes, il ira se coucher dans la mer, comme hier et comme demain. Cette immuabilité apporte du réconfort, que l'on soit dans la fleur de l'âge ou dans les vieux jours de Madame. Je ne vous dirai pas son âge non plus. D'elle, vous ne saurez rien. Madame a un cœur d'or et une discrétion sans fin. Elle me livre des petits bouts de sa vie, en survolant quelque peu les événements. Elle me raconte brièvement car elle ne s'épanche pas avec les mots. Ses regards en racontent davantage. Madame a le souci de ne laisser à sa famille que ce qu'elle aura choisi de leur transmettre. Une vie douce et protégée, peut-être même romancée. Elle ne souhaite pas que mes lignes puissent perturber le récit qu'elle leur en a fait. Sa pudeur, elle la revêt comme elle remonte la couverture sur ses jambes. Elle lui tient chaud et la réconforte. Quelques larmes auront roulé sur mes joues, pourtant rien n'est tellement triste. Juste beaucoup d'amour, de silences, de résilience et de profondeur d'âme. Au détour d'une phrase, Madame me confie :

— Vous êtes la seule à qui je le dis.

Quatre semaines plus tard, alors que je m'apprête à finir de rédiger le récit suivant, Nadège me fait part du décès de Madame. Il y a seulement quelques jours, je la regardais tricoter. Elle souriait. Je plongeais mes yeux dans les siens, y trouvant là son âme douce et sensible. Y trouvant là, la fragilité d'une vie sur le point d'expirer. Y trouvant là, la poésie. La semaine suivant notre entretien je suis passée la voir mais elle était fatiguée. Je lui ai dit que je reviendrai un autre jour. Un autre jour… C'est ce que l'on se dit car nous pensons toujours avoir le temps. Le temps passe, les âmes se lassent et nous quittent, toujours trop tôt.

Il fait froid dehors. L'hiver prend un peu d'avance. Une bourrasque d'un vent sans vergogne a arraché la feuille d'un arbre et rien ne frémit autour.

Il me plaît de penser que Madame aura libéré des mots avant de s'envoler.

Le hall

Si un jour vous souhaitez vous rendre à l'EHPAD de St Étienne, vous devrez tout d'abord traverser un court vestibule où sont affichés les noms des résidents et leurs numéros de chambre répartis en deux allées : celle des Jonquilles, jaune, et celle des Violettes, mauve. Puis vous ouvrirez la porte afin de pénétrer dans le hall. En refermant cette porte derrière vous, vous n'aurez d'autre choix que de marquer un temps d'arrêt afin de pouvoir décider de la direction à prendre. A ce moment-là, vos deux pieds ne se décolleront pas du sol. Vous comprendrez pourquoi cette maison de retraite se nomme Le Colombier. Le hall qui s'offre à vous est lumineux et volumineux en largeur comme en hauteur. Votre regard sera invité à se lever. Une vaste couronne, ornée de mille fenêtres à plusieurs mètres de hauteur, vous fera oublier l'espace d'un instant ce que vous êtes venu y faire. Vous baisserez ensuite les yeux et constaterez la forme ronde et peu ordinaire de ce hall d'entrée qui s'ouvre sur différentes portes, et un large couloir.

Selon l'heure, vous pourrez peut-être apercevoir de frêles silhouettes assises çà et là. Vous vous demanderez ce qu'elles peuvent bien attendre ici. Vous ne pouvez pas savoir que Mme Berieau aime s'asseoir dans le hall pour voir les gens passer. Enfin, vous trouverez la réception sur votre gauche et vous y dirigerez.

Je me suis rendue à maintes reprises durant plusieurs années au Colombier à l'occasion d'actions bénévoles auprès des résidents. Il n'y a que depuis peu que je marche d'un pas décidé dans ses allées sans me soucier de perturber le calme apparent. Ce hall, cependant, n'a jamais cessé de me charmer.

Renée Berieau, née le 13 avril 1930
1er entretien

Souvent assise à attendre quelque chose, parfois se préparant au marathon en piétinant à vive allure jusqu'au restaurant, Mme Berieau est une résidente que je croise régulièrement dans le hall d'entrée. J'ai donc décidé de prendre son témoignage au gré de nos rencontres, à la volée. Mener une discussion avec elle est un défi car le début de la phrase n'a pas toujours de rapport avec la fin. Mais si on prend le temps d'écouter chaque mot, on peut essayer de se rapprocher d'elle. Elle vous sourit et vous regarde avec l'émerveillement d'une enfant. Sa voix est très douce. Elle est la gentillesse et la candeur incarnées. Renée se souvient avoir grandi à St Paul Mont Penit, petit village situé non loin d'ici. Elle se souvient de peu de choses en vérité. Nos discussions portent peu sur ses souvenirs. Le plus souvent je l'écoute simplement débiter des mots qui n'ont pas de rapport les uns avec les autres. Puis, tout d'un coup, quelque chose émerge :

— J'y suis allée bien des fois à St Etienne du Bois, petite avec maman. Parce que maman avait son frère dans un endroit qu'il avait fait pour lui. Je parlais avec eux. Puis je grandissais et je revenais. Maintenant encore, je pense à ça, quand j'étais là-bas et que je faisais ça.

— Vous étiez heureuse ?

— Heureuse ? Oh beh oui… beh comme tout le monde était comme ça.

Elle part vers le restaurant, marmonnant, voûtée, la tête entre ses bras, avançant à petits pas avec son déambulateur. Je me demande comment elle peut réussir à voir où elle va.

Roger Daheron, né le 9 octobre 1932

Roger n'est pas mieux que les autres. Oh non… ! Ça, je vous l'assure ! Il n'arrête pas de me répéter qu'il ne vaut pas mieux qu'un autre. Ce doit donc être la vérité !

Pourtant, étrangement, lorsque l'on écoute son histoire, on s'aperçoit qu'il lui aura été confié plusieurs responsabilités. Des responsabilités qu'il n'a pas voulues ni cherchées, mais que d'autres lui ont données, remises entre les mains, par confiance. La vérité est que Roger vaut beaucoup plus que ce qu'il ne perçoit de lui-même. Il ne supporte pas l'injustice sous toutes ses formes, et fait de l'entraide un mode de vie et de pensée. Encore une rencontre merveilleuse dans ce petit coin de vie paisible.

Roger manque de confiance en lui. Assis dans son fauteuil, ne sachant pas trop quoi me raconter d'intéressant, il se confond en excuses pour ses éventuels trous de mémoire, gigotant d'avant en arrière, de gauche à droite. Il lui importe de bien faire l'exercice. Comme s'il passait un grand oral. Je ne sais s'il est intimidé par ma présence, ou si c'est l'idée de se retrouver face à lui-même qui l'impressionne.

Nous commençons l'entretien par ordre chronologique. Enfance à Beaufou puis dans un petit hameau charmant et paisible de St Etienne, La Boulogne. Ses bons souvenirs se trouvent là-bas. C'est également à La Boulogne qu'il a rencontré sa future épouse. Ils étaient tout jeune. Il en garde de doux souvenirs.

— Y'avait un vicaire à cette époque. Oh c'est pas une question de religion ! Mais il était vicaire. Et lui, il avait la passion de rassembler les gens et de les aider dans leur vie. On était une équipe de jeunes là, et il a su nous prendre et nous inclure dans ses projets. Ça me prenait beaucoup de temps sur mon travail à la ferme mais bon…

Je lui demande espièglement s'il faisait de petites bêtises avec ses copains de village dans les bois. Très naturellement il me répond :

— Ah moi j'étais pas pour faire des bêtises car je savais que c'était nuire quelque part…

Je me sens affreusement ridicule, repensant à toutes les nuisances que j'ai dû occasionner dans ma propre enfance. Et je me demande alors si l'on naît intelligent et bienveillant, ou si on le devient… Force est de constater qu'on le devient, mais plus ou moins rapidement.

— Ensuite je suis parti au service militaire en Allemagne. 18 mois… Puis je suis rentré et me suis marié. On habitait à Legé avec ma femme et mes parents dans une ferme en métayage. Aucun confort… un seul évier pour tout faire… Et un lundi matin, à 4h, alors que je m'en allais pisser dehors, qu'est-ce que j'entends ? Deux motos. C'était la gendarmerie. Je savais… Ils venaient me porter ma lettre de mobilisation pour partir en Algérie. J'le savais parce qu'on était les derniers appelés. Je les fais rentrer. Je leur demande : « C'est pour partir quand ? » Y'avait ma femme qui était dans le lit avec notre bébé âgé de quelques jours. Et là y'en a un qui me répond : « C'est tout de suite. Mais… signe le papier là, pis nous, on fout l'camp… ». Et bien laisser un bébé de vingt jours, ça, ça fait mal ! Alors je suis parti quelques jours plus tard, direction Vannes, Marseille, puis L'Algérie… C'est là que j'ai rencontré Raymond Villemain. Un breton. Il avait acheté une ferme 6 mois avant d'être appelé. Beh… il s'est assis auprès de moi dans le train au départ de Vannes, et il a chialé tout le long du trajet ! Ça ne me remontait pas le moral… Mais on ne s'est plus lâché. Il était dans mon groupe. Un groupe de 5. On était indétachables. Sa femme était enceinte. Je me rappellerai toujours lorsqu'il a reçu un télégramme pour lui annoncer que sa femme avait accouché. C'était moi le chef… me demandez pas pourquoi, j'étais pas meilleur que les autres mais bon. C'était comme ça. Alors je lui ai dit : « Raymond écoute, je devrais pas te dire ça mais… à ta place, quand tu auras fait ta permission là, t'es pas obligé de revenir. T'as vu c'qu'on est venu faire là ? » Beh ça lui a remonté le moral et il est revenu finalement. On a fait 6 mois en Kabylie.

Je lui demande quelle fut sa mission, curieuse d'en apprendre davantage sur une guerre dont je ne connais absolument rien. La guerre d'Algérie était une grande absente des livres d'histoire de ma génération. Il me répond en grimaçant et en hésitant :

— C'est pas que j'aime pas qu'on me pose cette question. J'aime bien parce que ça me soulage. J'étais parti défendre des gens qu'on écrasait. Les colons ! Excusez-moi mais heu… C'est bon hein ! On était installé dans une grange. En face il y avait une maison. D'après que c'était un retraité de l'armée française. Tous les samedis dans ce petit patelin, il y avait un monde fou qui descendait pour venir au marché, pour vendre leur production tout ça. Et figurez-vous que… ça m'a remonté encore plus! Il était propriétaire de vignes et tout ça. Et beh les trois samedis qu'on était là, les pauvres gens qui descendaient pour faire des affaires, et beh ils repartaient avec un coup de pied au cul comme règlement ! Et ce monsieur était plein de fric !

— A l'école à Saint Etienne du Bois là, y'avait un vieux monsieur. De ceux que j'aime pas. C'était un pétainiste ! Il ne nous apprenait pas les mœurs. Il ne nous a rien appris sur les mentalités de là-bas ni rien ! Un jour, en Algérie, je passe devant un monsieur qui surveillait un champ où travaillaient une douzaine de femmes, avec des bébés su l'dos. Je lui dis : « Excusez-moi monsieur, mais… ça vous dérange pas d'être assis là, pendant que toutes ces femmes là-bas… chez nous ça n'existe pas ça ! » Le monsieur se lève, et me répond : « Pardon Monsieur, mais j'ai fait la guerre de 39/45. Et permettez-moi de vous dire, vous n'avez rien compris. »

Roger m'explique qu'il se sent idiot de lui avoir dit : « Chez nous ça n'existe pas », tout en sachant qu'ils étaient eux aussi, exploités à leur manière en tant que fermier partout en France. Il s'est excusé. Il me dit que ce monsieur ne méritait pas ça. Roger ne supporte pas l'injustice, mais ne supporte pas non plus l'idée qu'il ait pu se montrer dédaigneux et supérieur envers ces gens.

— On était mal informé ! On nous a emmené là-bas, sans nous informer sur le système ! J'ai compris moi après, qu'on était allé défendre le fric et les colons ! Le reste ils s'en fichaient !

Il en veut à l'école de ne pas lui avoir expliqué le monde, les cultures et les coutumes des autres peuples. Il me reparle de son maître d'école.

— L'instituteur là... Mr Bailly... il nous racontait des conneries, il nous prenait pour des cons ! Il ne fallait pas qu'on s'émancipe nous. Il nous apprenait à lire et à écrire mais il ne fallait surtout pas qu'on sorte de notre condition si vous voulez. Mes parents et moi on a toujours été écrasés par ceux qui avaient de l'argent. On subissait cette mentalité. Et lui, il entretenait ça. Même si j'étais pas très vieux je me rendais compte qu'on profitait de nous quoi. On était pris pour des larbins. M'en fous pas mal de leur fortune. Mais... c'était leur air supérieur... on était exploité ! Dans le fond de moi-même j'ai jamais accepté ça.

Roger n'a pas poursuivi l'école après avoir obtenu son certificat d'étude. Au détour d'une conversation, il me parle de ces jeunes venant du même terreau que lui, et qui à force d'études, étaient devenus comme les autres. Les autres, ce sont ceux qui exploitent. Il y a deux mondes pour Roger. Chacun vivant de son côté de la barrière. Parfois il a rencontré des gens, qui, grâce à leur bonté et à leur sens commun, pouvaient pulvériser ces cloisons étanches et fabriquer des ponts. Et ça, Roger, ça l'émeut d'en parler. Comme si ces personnes étaient absolument hors du commun.

Il me parle beaucoup des Maîtres. Les Maîtres sont les propriétaires des terres et des bâtiments que les paysans exploitaient. Un jour, son père, son frère et lui-même croisent le propriétaire de la ferme où ils vivent et travaillent dur. Roger dit : « Bonjour Monsieur ». Scandale ! Son frère et son père saluent ensuite ce monsieur comme il convient. Roger se fait reprendre pour mauvaise conduite. Eh oui ! Il était d'usage de dire : « Bonjour le Maître ». Roger répond fermement à son père : « Plus jamais je ne dirai ça. Plus jamais je ne l'appellerai Le Maître ». Cette situation de soumission par l'argent et le statut lui était déjà alors insoutenable.

Pour joindre les deux bouts, Roger passe son temps entre le travail à la ferme, et des travaux d'entretien chez des particuliers. Notamment, chez certains particuliers possédant de grandes et riches propriétés, le rémunérant moins dignement que ses autres employeurs, et refusant de le déclarer… Ça, vous imaginez bien que ça a profondément agacé notre ami ! Roger a un visage empreint de dégoût lorsqu'il me relate ses anecdotes d'homme à tout faire. De larbin, si vous préférez !

Roger va bientôt voir sa vie prendre un nouveau virage. Un virage qui lui donnera l'opportunité de se réaliser davantage en tant qu'homme. Un petit groupe de paysans a eu le projet de fonder une

Maison Familiale à Legé. Mr Proux, paysan à Touvois, et quelques amis, tous paysans bien sûr, motivés et déterminés, ont acheté un bout de terrain sur la ferme que Roger et sa famille exploitaient.

— Les Maisons Familiales, ce sont des établissements qui ont été mis en place par des agriculteurs qui étaient dans la peine. Mais y'en a qui étaient plus développés (*comprenez instruits, ambitieux*). J'avais bien compris qu'on pouvait pas s'épanouir, nous, moralement..., les gars comme moi quoi. Le hasard fait que le propriétaire de la ferme que l'on exploitait voulait vendre un bout de terre. Les autres là-haut, les notaires et tout ça, attention, pour eux, pas question ! Ils ne voulaient pas qu'on se développe ! Mais ces paysans, c'étaient des battants ! Ils faisaient pas de bruit mais… Pis un jour ça a été bon. J'étais content. Y'a eu un enchaînement et je me suis trouvé pris dans le projet comme membre. Jusqu'au jour où on me met administrateur. Puis Mr Proux me prend à part et me dit : j'ai pensé à toi. Moi j'arrête. Alors je suis devenu le Président du Conseil d'Administration de la Maison Familiale de Legé pendant plusieurs années. Oh c'était pas une fierté ! Mais ça a été une grande responsabilité pendant plusieurs années.

Entre autres missions, Roger a donc dû gérer les difficultés financières de la Maison Familiale. Un jour

44

il obtient un rendez-vous qui avait pour but d'essayer d'améliorer la santé financière de l'association avec un conseiller général. Ils furent reçus de façon presque condescendante au domicile de monsieur, pour ne pas faire avancer leur dossier...

— Il a tout entendu, a posé quelques questions mais très peu, pis tout d'un coup le v'là qui s'lève. Il s'en va vers la porte avec un air de dire, bon ben les gars ça y'est, on a fini. Alors on est parti. Mon collègue était surpris ! Je lui dis : « Alors Alain t'as compris, on est pas beaucoup plus avancé qu'on était hein ?! » Encore une fois c'était leur manière de nous considérer quoi…

Ce monsieur, Roger ne le porte pas dans son cœur à cause d'une autre anecdote. Lorsque celui-ci fut nommé directeur de la maison de retraite de Legé, ils ont décidé de vendre tous les jardins attenants à l'EHPAD où le père de Roger qui en était pensionnaire aimait se promener, pour faire des constructions. Le jour où il apprend la nouvelle, il rentre chez lui dit à sa femme :

— Si un jour on doit aller en maison de retraite, on n'ira pas à Legé ! Hors de question !

Roger aura finalement été conseiller municipal, puis adjoint au maire de Legé. Toutes ces expériences et toutes ces responsabilités furent des contraintes dans son emploi du temps, mais elles aidèrent Roger à trouver sa place et à s'émanciper de son statut de simple paysan.

— Moralement ça m'a beaucoup enrichi moi ! Ça m'a permis de participer à beaucoup d'autres choses.

Je quitte Roger au terme des deux entretiens que nous avons menés. J'espère qu'au cours de nos échanges il aura pu réaliser qu'à mes yeux il ne fut pas qu'un simple paysan écrasé et insignifiant, mais une personne digne, bienveillante et appliquée. Une âme au service de sa communauté.

Fernande Daheron, née le 28 juin 1936

Fernande est l'épouse de Roger. Ils vivent tous les deux à l'EHPAD, chambre n°32, allée des Jonquilles, dans une chambre double. Elle est heureuse ici. Elle apprécie beaucoup Nadège et tout le personnel, qu'elle trouve aux petits soins. Elle aime le cadre également. Cette maison de retraite offre une sensation d'ouverture sur l'extérieur. Chaque chambre possède une grande baie vitrée donnant sur une terrasse privative en rez-de-chaussée. C'est très agréable par beau temps. Chacune est aménagée et décorée par les résidents eux-mêmes ou leur famille.

Ce matin, Fernande participait à la confection de biscuits avec les petits bouts d'choux de Delphine, Amélie et Annie, des assistantes maternelles qui viennent une fois par mois visiter les anciens. Elle participe de bon cœur à tout ce qu'elle peut. Cet après-midi, Nadège emmènera des résidents voir une crèche, un spectacle, et les illuminations. Fernande en sera ! Roger lui n'aime pas trop, il préfère faire ses mots mêlés. En revanche, il participera avec elle au loto demain ! Ça, il aime bien.

Comme je vous le racontais au début de l'histoire de Roger, Fernande a grandi à La Boulogne où ils se sont rencontrés. Elle avait une sœur de douze ans son aînée, aujourd'hui décédée. Fernande a perdu sa maman lorsqu'elle avait 9 ans. Elle est décédée d'une congestion cérébrale, dans son lit. Cela aura duré trois longs mois. A l'évocation de ce souvenir, Fernande baisse la tête, regarde dans le vide, et me dit avec des sanglots dans la voix :

— Ça, c'est dur. J'ai toujours dit à mes enfants et à mes p'tits enfants : faites pas de misère à votre maman. Parce que… on en a qu'une maman. Oui, ça m'fait mal.

Presque 80 ans se sont écoulés, et la perte de sa maman reste une épreuve douloureuse. Je la fais rebondir avec une question plutôt naïve, mais qui traduit mon étonnement : « C'est encore douloureux comme souvenir ? »

— Oui. On n'oublie pas. Je l'aimais tellement. Pour dire la vérité je l'aimais plus que mon père. Mon père était très dur, alors que ma mère était très douce. On dormait tous dans la même chambre. Il y avait trois lits. Un pour ma grand-mère, un pour mes parents, et un pour moi. Sur la table, il y avait des sangsues dans un bocal. C'étaient des p'tites bêtes qu'on sortait pour lui sucer le sang. C'était terrible de voir tout ça. Un jour le médecin dit à mon père : « Votre femme, elle partira dans la joie, ou dans le désespoir ». Eh bien elle est partie dans la joie ! Le mari de ma sœur était revenu sans prévenir à la fin de la guerre. Ce fut une surprise. Elle était joyeuse de le revoir ! Puis elle s'en est allée. Ensuite, quelques années plus tard, ma grand-mère est partie elle aussi. Je l'aimais ma grand-mère ! Elle m'emmenait à la messe, me faisait dire mes prières tous les soirs. Je l'aimais beaucoup.

— J'ai pas eu une jeunesse facile. J'ai été à l'école de Saint Etienne jusqu'à mes douze ans. J'y allais à pied, en sabots. Quatre kilomètres le matin, quatre kilomètres le soir. Les jeunes, ils savent pas ce que c'est. Les jeunes aujourd'hui, ils veulent que s'amuser…

J'essaie à cet instant d'imaginer mon fils de presque six ans, ne serait-ce que marcher… déjà, marcher pour se promener est un défi, mais marcher 4 kilomètres pour aller à l'école... ! En sabots ! Je ne peux vous mettre les émoticons qui conviendraient à cette situation mais je pense que vous avez deviné lesquels car vous avez les mêmes enfants…

— À la ferme, je devrais pas dire ça mais… c'est pas papa qui en faisait le plus. Ma sœur et mon père, c'est eux qui commandaient. Mon beau-frère et moi, on travaillait la terre. Combien de fois il m'a dit : « Pfff...

T'es fatiguée… » Je m'allongeais par terre parfois. Au moment des règles, ça me faisait mal. C'était dur. Alors il chantait. Il m'aidait. A table, on n'avait pas la parole nous ! C'était eux deux qui parlaient. Même pas mon beau-frère ! Lui et moi, on devait travailler dur à la ferme, pour rien en plus!

— Quand je suis partie pour me marier, j'avais juste 19 ans. Mon père a pris ma tirelire. Oh j'avais pas grand-chose dedans ! Mais il l'a vidée. Il a tout pris. J'avais un petit porte-monnaie dans mon sac. Il m'a dit : « Tu le vides sur la table ». Je suis partie sans un centime. Il ramassait tout pour acheter des terres. C'est inimaginable tout ça ! Ma grand-mère, ça lui avait fait énormément de peine. Elle touchait la rente des combattants car son mari était mort à la guerre de 14. Un jour elle me tendit un billet et elle me dit : « Celui-là, il l'aura pas ! Tu le ramasses ! » Parce qu'il lui prenait à elle pareil hein !

Fernande a les larmes aux yeux et l'air hagard. Elle ne comprend toujours pas comment on peut se comporter de la sorte… Au décès du père, les sœurs ont légalement hérité chacune de deux ou trois terres mais Fernande n'a finalement rien eu pour elle. Elle me dit : « Comme dit l'autre on n'est pas riche, mais on est bien. C'est le principal. »

— Plus tard, quand Roger est parti en Algérie, je me suis dit que mon bébé de vingt jours ne reverrait jamais son père. Y'en a qui sont pas revenus mais heureusement, lui, est rentré. Sa maman m'a tout appris. C'était une femme vraiment gentille. J'y pense encore beaucoup.

Je lui demande ce qu'elle a aimé le plus dans sa vie.

— J'ai aimé être maman de mes cinq enfants et les avoir auprès de moi. Le dimanche, on faisait chauffer l'eau dans la cheminée et pis on les lavait tous dans la même bassine. Ils en gardent de bons souvenirs. Après on allait à la messe. Et ensuite, on rentrait, et on se changeait. Eh oui, on n'avait pas les mêmes vêtements pour tout ! Pareil quand ils rentraient de l'école, ils arrivaient et je leur disais de se changer pour pas qu'ils se salissent. J'ai passé de bons moments avec mes enfants. Mais les hommes vous savez, c'est toujours eux ! Moi mon mari… j'ai pas peur de le dire, il les aimait bien mais… il était toujours parti aider à faire quelque chose ! Alors c'est beau ça, c'est très beau ! Mais la femme qui reste avec ses enfants… hein ? Est-ce que vous y pensez que je leur disais ! C'est elle qui fait tout le travail avec les enfants ! Mais ils savent le dire mes enfants : « Papa, on le voyait jamais. »

Fernande et Roger travaillaient dur à la ferme. Levés à 6h, ils commençaient bien sûr par traire les vaches. Puis Fernande rentrait, se changeait, préparait les enfants pour l'école pendant que Roger chargeait le lait cru pour aller le vendre. Ensuite c'était l'enchaînement des tâches entre la ferme et la maison. Elle faisait ses lessives une fois par semaine, en faisant bouillir le linge dans un chaudron, au-dessus du feu de la cheminée. Ensuite elle mettait son linge dans sa brouette pour descendre à la rivière. Une fois en place, elle posait ses genoux sur une planche de bois, tapait son linge avec une tapette contre la pierre froide, puis l'essorait à la main. « On changeait pas les draps tous les huit jours hein ! » Enfin, elle remontait jusqu'à chez elle en tenant sa brouette à bout de bras par un chemin en pente.

Je reste la bouche ballante, imaginant la douleur dans ses petites mains toutes craquelées l'hiver. Un sentiment de honte m'accable, me remémorant ces moments de flemme à lancer une machine. Ces moments où mes jambes sont lestées par une fatigue imaginaire. Ces moments où mon esprit souhaiterait accomplir une tâche satisfaisante, mais où mon corps tout entier reste collé au canapé. À les écouter, ils n'avaient pas la flemme eux ! D'ailleurs, ce mot n'a peut-être été inventé qu'à partir des années 80. Un mot qui ne trouva son sens qu'à partir du moment où nous avons commencé à avoir le luxe de ne rien faire.

Fernande n'a pas eu le luxe de choisir son métier. Elle n'a pas eu le luxe de rêver sa vie ni de réfléchir à ce qu'elle aurait souhaité faire de son temps libre.

Fernande aurait aimé être couturière. Mais elle n'a pas eu le choix. C'était la ferme… et la ferme lui a pris tout son temps.

Un peu plus tard, Fernande et Roger ont trouvé un arrangement avec d'autres fermiers. Ils ont pu partir dans les Pyrénées à plusieurs reprises pour quelques jours de vacances. Lorsqu'ils partaient, leurs amis s'occupaient des deux exploitations, et inversement quand c'était leur tour. Je réalise à la lumière des précédents récits qu'ils étaient chanceux. Même si le travail a dû être harassant lorsque c'était à leur tour de gérer les deux exploitations, ils ont eu l'opportunité de vivre autre chose que la ferme.

A 50 ans, Fernande est tombée malade. Une hernie discale inopérable car elle touche la moelle épinière. Elle fut très longue à diagnostiquer.

— Ils m'ont laissée pendant deux mois, allongée sur une table en pensant que ça irait mieux…

Son monde s'écroule alors. Elle pleura beaucoup, pensant que sa vie était finie, et qu'elle ne pourrait plus travailler. Et c'est ainsi que Fernande choisit de terminer son récit.

Cette année, Fernande et Roger iront passer Noël en famille avec leurs enfants. Ça me fait chaud au cœur. Ils ont bien mérité de pouvoir se mettre les pieds sous la table et de savourer des instants en famille. Je leur souhaite un Joyeux Noël.

J'amène Fernande à la salle à manger pour son déjeuner, qu'elle passera comme à l'accoutumée, aux côtés de son mari. Encore une journée tranquille au Colombier, et c'est bien comme ça.

Jeanne Bazin, née le 29 juillet 1933

Jeanne est une femme énergique. C'est le moins que l'on puisse dire. Elle dit qu'elle s'est calmée un peu mais… ça a dû déménager à la maison ! Dans sa chambre, quelques objets, mais pas trop. C'est bien rangé. Comme beaucoup de résidents, elle a des photos de sa famille accrochées sur les murs. Un vieux téléphone à touches, comme j'en ai connu dans mon enfance, se tient sur sa table de chevet. Un de ceux qui ont ces drôles d'écouteurs ronds placés à l'arrière. Le must étaient ceux avec le cadran qu'il fallait faire tourner. C'étaient mes préférés. Chez ma vieille tante, il y avait un téléphone comme ça, avec de la moumoute dessus. Je pensais alors que c'était pour que l'appareil n'ait pas froid. A y repenser, j'en conclue que c'était sûrement un choix esthétique…

Jeanne a grandi à Bellevue, petit hameau de Saint Etienne du Bois, dans une ferme, avec sa sœur et son frère aînés, qui l'ont pratiquement élevée pendant que leurs parents travaillaient à la ferme.

— Je n'ai eu que de bons souvenirs avec eux. J'étais chouchoutée. On allait voir les enfants des autres villages à vélo, et on jouait à la corde à sauter. Pendant la guerre, mon frère a été réquisitionné pendant 2 ans pour travailler dans une ferme en Allemagne. Il a été envoyé un temps sur le front russe. Et il portait l'uniforme allemand ! Il n'a pas donné de nouvelles pendant des mois. On ne savait pas ce qu'il advenait de lui ! Ça a été très dur. Imaginez-vous, une mère sans nouvelles de son fils pendant des mois… Mais après, il s'est jamais plaint des Allemands ou de ses conditions de vie là-bas ! Est-ce qu'il nous disait tout…

Je lui demande ce qu'elle garde comme souvenir de son quotidien durant la guerre.

— J'étais petite, je ne me souviens pas bien. Mais les Allemands qui étaient chez nous, ils étaient pas méchants les pauvres. Ils nous montraient des photos de leurs enfants ! Croyez pas qu'ils auraient préféré être chez eux les pauvres ! On n'avait pas peur d'eux. Y'a peut-être des endroits où ils ont pas été très corrects, malheureusement, mais nous, on pouvait pas se plaindre. Ma mère avait peur car on disait beaucoup de choses sur les Allemands. Ils réquisitionnaient de temps en temps à la ferme mais pas trop, je ne pense pas. Les gens se révoltaient parfois mais ça donnait rien de bon… y'avait pas que des anges d'un côté comme de l'autre hein !

Jeanne a rencontré son mari, André, à une soirée dansante à Legé au Paradis. Elle était âgée de 17 ou 18 ans à l'époque. C'était le début des années 50. Elle y allait à bicyclette avec ses amies pour aller danser la rumba, la java, le tango, la valse… C'est plaisant d'imaginer ces soirées dansantes. Je vois des robes à fleurs qui volent, des hommes accoudés au comptoir souriants, les regardant en coin, timides. J'imagine le silence autour du Paradis. Pas de voiture, pas de contrôle d'alcoolémie au volant par les gendarmes. Un temps d'insouciance qui nous est inconnu. André est le fils unique d'une mère célibataire, malheureusement décédée très jeune. Il part donc vivre dans la ferme de son oncle et de sa tante, et grandit avec ses cousins, devenus comme une fratrie pour lui. Jeanne et André ont vécu leur romance pendant quelques années avant de se marier, une fois le service militaire d'André achevé. Ces deux-là avaient une ambition. Ils ont dû travailler dur pour se lancer dans une autre vie que celle de la ferme.

— Il voulait pas être fermier. On voulait sortir de la terre comme on dit. Alors quand on a eu l'opportunité de devenir dépositaire de La Cavac, on s'est lancé. On a tenu un dépôt de La Cavac à Saint Etienne du Bois. On était dépositaire des engrais, et de tous les produits qu'il fallait pour les fermiers. Elle était sur la route qui va à Palluau quand on sort du bourg. Mon mari a fait des stages pour apprendre le métier, et moi il a fallu que j'apprenne à faire les comptes. Lui il allait dans les fermes pour voir ce dont ils avaient besoin, et moi je m'organisais avec les enfants pour pouvoir faire mon travail. Je me plaisais dans le magasin de la Cavac. J'aimais bien être au contact des gens. Ça a été dur parce que l'école, on en a fait très peu ! Il a fallu apprendre sur le tas. Il a fait des cours par correspondance. On s'est très bien débrouillé mais ça a été dur financièrement. Il fallait faire construire la maison, tout ça ! Il fallait faire tout en même temps. Je regrette pas la vie que j'ai vécue.

Ils ont tout d'abord emménagé ensemble dans une petite maison à La Fradelière, autre hameau proche de St Etienne. Les gens des alentours connaissent bien cet endroit pour son chemin de randonnée empruntant un pont de pierres mégalithiques dans son contrebas. Leur maison, comme celles des voisins alentours, n'avait qu'une seule pièce. Leurs quatre premiers enfants sont nés dans cette maison qui n'avait comme seul confort moderne, qu'une cuisinière à bois toute neuve. Tout le monde n'en avait pas à cette époque, se targue Jeanne. Il y avait également une cheminée, un évier sans robinet, et trois lits. Ils élevaient des poules évidemment, des lapins, et cultivaient leur potager.

— Mes enfants sont nés de 14 mois en 14 mois... j'en ai bavé comme on dit. Mais on y arrivait. Pis comme j'étais très maniaque... je me donnais beaucoup de travail. Au début on n'avait pas de machine à laver. A l'époque, j'allais rincer mon linge à la rivière. Beh c'était de l'eau qu'on aurait pu boire ! Maintenant c'est plus possible. Elle est trop polluée par les produits de traitement des cultivateurs de Rochequairie. D'abord, je faisais bouillir mon linge dans la marmite, et ensuite je descendais avec ma brouette à la rivière. Et en remontant je l'étendais sur le fil.

A cette époque, il n'y avait qu'un chemin caillouté qui reliait La Fradelière à St Etienne du Bois. Pas de route goudronnée. Quand elle partait à vélo, elle empruntait ce chemin mais pédalait également à travers champs. Jeanne me raconte :

— J'avais un petit panier à l'arrière de mon vélo où je pouvais mettre mes enfants. Je me souviens un jour, je roulais tranquillement pis à un moment, je me retourne, mince ! Mon gars ! Il était plus dans le panier ! Mais c'est pas vrai ! Mais Patrick il est où ? Je retourne en arrière, beh mon gars il attendait tranquillement assis dans l'herbe ! C'était une prairie, y'avait pas de caillou alors il s'est pas blessé heureusement ! Il avait deux ans peut-être à ce moment-là !

Nous rions de bon cœur et nous nous retrouvons comme suspendues, hors du temps. La fraîcheur de cette anecdote nous fait oublier que 70 ans se sont écoulés depuis lors. Jeanne a le sourire aux lèvres, les yeux qui brillent, et les rides qui se dérobent.

Je lui demande comment se passait la vie avec ses enfants à La Fradelière.

— Nos voisins étaient des jeunes couples eux aussi. Nos enfants jouaient ensemble. Ils n'ont pas été à l'école pendant que nous habitions là-bas. Ils étaient trop jeunes. Ils commençaient l'école plus tard que maintenant. C'était différent.

Je me demande s'il y avait une organisation entre les familles pour que chaque mère puisse s'occuper des tâches ménagères de manière plus efficace. Jeanne me répond :

— Non. Y'avait trop à faire. On n'avait même pas idée par manque de temps. C'était pas possible. On n'était pas organisé comme les gens de maintenant. Chacun vivait de cette manière. On ne peut pas comparer. C'était pas la même vie. Quand on a quitté cette maison pour notre nouvelle maison rue de la gare dans les années 60, j'étais perdue. Je savais pas où mettre les affaires. Sortie d'une seule pièce... vous pouvez pas vous imaginer ce que ça fait !

André et Jeanne ont fait construire une maison, au 10 rue de la gare à St Etienne. Elle a vu passer le dernier train qui reliait Legé, La Chapelle Palluau, Aizenay. Ils ont également été les premiers à avoir une télévision. Jeanne installait des chaises dans la salle à manger pour que les enfants des alentours puissent venir la regarder. Cela la réjouissait de les voir heureux devant ce petit écran en noir et blanc.

Je lui demande désormais de me raconter ses souvenirs de vacances.

— J'ai pas de souvenir de vacances durant mon enfance car il était pas question de partir en vacances dans ce temps-là. On a pu partir plus tard, avec mon mari. On avait acheté une caravane. A cette époque, c'était déjà énorme ! Y'en avait pas beaucoup des caravanes ! Les enfants étaient grands mais parfois ils sont venus avec nous, en montagne. On allait du côté de Lourdes. Avant d'avoir la caravane, on allait à mer. On avait une voiture assez grande donc on pouvait mettre une partie des enfants dedans et hop ! On allait faire de la pêche, par distraction. Pour le plaisir. Ça, ils en ont des souvenirs à la mer…

Ses cinq enfants sont aujourd'hui à la retraite. André et Jeanne ont quatre garçons, une fille, et quatre petits-enfants. Elle me raconte sa frayeur lorsque sa fille a fait un AVC.

— Lors d'un repas de famille, elle s'est effondrée ! A soixante ans ! Juste arrivée à la retraite ! Les pompiers sont arrivés immédiatement et elle s'en est bien sortie. Elle a été transférée à Nantes en hélicoptère. Ils l'ont ouverte au niveau du crâne, mais elle n'avait rien d'anormal. Tout allait bien. Pas de séquelles. Heureusement… mais, j'ai été des nuits sans dormir, sans savoir ce qui allait se passer ! Ça a été terrible !

Nous parlons désormais d'André. Jeanne est très inquiète de le savoir dans cette grande maison, 10 rue de la Gare, seul.

— André, il a 92 ans, il devrait même pas être là- bas ! Vous savez, j'ai toujours peur qu'il soit par terre. Mais il est têtu. Je l'appelle matin et soir, savoir s'il est encore debout ! Y'a pas longtemps qu'il a une alarme. Et il la porte ! C'est déjà rassurant…. Enfin, quand il vient là, en tout cas, il la porte ! Il veut pas venir à la maison de retraite. Il ne viendra que quand il aura un accident malheureusement ! Il a une aide- ménagère qui s'occupe du linge et du ménage. Et j'ai une ex-belle-fille qui vient faire du ménage également. Mon fils a divorcé. Ils ont chacun refait leur vie mais ça les empêche pas de se rassembler. Ils font même des repas ensemble ! C'est pas commun ! Ils ont divorcé mais ce sera toujours ma belle-fille, c'est quand même la mère de mes petits-enfants ! J'ai du respect pour elle, et elle est super gentille !

Elle marque un petit temps d'arrêt, regardant ses mains, puis reprend.

— J'ai mon caractère vous savez… c'est pas Sainte Jeanne hein ! Je m'énerve au sujet de mon mari. Je voudrais qu'il se décide à se faire inscrire ici. Au moins s'inscrire ! Mais y'a pas moyen ! Je l'ai appelé ce matin, beh ça a pas été tout seul. Parce que moi, j'ai un tempérament… comment vous dire… je rouspète ! Alors disons qu'on s'est accroché ! Il est pas trop d'aplomb sur ses jambes… Je suis pas tranquille. Moi je suis rentrée ici car j'ai eu un accident et que je me suis cassé le bras ! Moi aussi ce n'était pas prévu ! Je n'avais pas prévu tout ça ! Mais c'est arrivé quand même. Seulement qu'il s'inscrive, c'est pas compliqué ! Ça me fatigue. Peut-être que je le bouscule trop. Je sais pas. Que voulez-vous… Il ne se voit pas laisser sa maison. Je le comprends ! Mais je vois bien que lui, il se dégrade !

Je lui demande ce qu'elle pense de sa vie à l'EHPAD. Je lui demande si elle préférerait vivre dans sa maison avec son mari plutôt qu'à la maison de retraite.

— Non. Pas maintenant ! Ça marcherait pas du tout. D'abord je suis plus capable ! Pis je suis bien là, dans mon petit environnement. Quand je retourne à la maison, qu'il y a les enfants et les petits-enfants, y'a trop de bruit. Il me tarde de rentrer pour être au calme. J'ai moins envie d'aller à la maison maintenant. On change avec l'âge.

Jeanne se confie sur son tempérament et sur ses doutes quant à la fatigue qu'elle peut occasionner à sa famille. Nous avons toutes les deux ceci en commun. Quand nous avons une idée en tête, une tâche à effectuer, ce doit être tout de suite et maintenant. Alors on aime bien que les autres en fassent autant !

— Et on n'est pas bien dans sa tête avec des caractères comme ça ! Peut-être que j'étais fatigante dans un sens. Je suis sûre que ça l'a fatigué ce que je lui ai dit au téléphone ! Je ferais mieux de me taire. Mais c'est plus fort que moi. Je suis une emmerdeuse… Excusez-moi du terme. Dans un sens on n'est pas heureux comme ça parce qu'on se fait du mouron ! Car c'est sans fin ! Si, quand je serai là, en face, en bas dans le cimetière, ce sera fini. C'est terrible. Mon mari a tendance à se laisser vivre, que moi c'est du direct ! Et puis ça pète. Je sais pas comment on a fait pour passer notre vie ensemble. Vivement que je leur fiche la paix…

Jeanne a un sourire au bord des lèvres, mais elle pense néanmoins ce qu'elle vient de dire. C'est difficile de ne pas lui dire cette phrase bateau : « Mais non enfin… » Jeanne a tout donné en tant que maman, en tant que femme, et en tant que travailleuse durant toute sa vie. Malgré tout, sa crainte aujourd'hui est de rester une emmerdeuse dans le souvenir de ses proches. Si je demandais à sa famille ce qu'ils en pensent, ils me répondraient sans doute que Jeanne est la plus merveilleuse des emmerdeuses qu'ils aient jamais connue.

Je lui demande maintenant comment elle imaginait le monde des années 2000 quand elle était enfant.

— Je ne sais pas si je me posais des questions comme ça. On vivait au présent.

Nous en venons donc alors à parler du monde d'aujourd'hui.

— Maintenant que les femmes travaillent, les gens ont peut-être plus d'argent. Ça cause peut-être moins de problèmes dans les ménages maintenant qu'il y a deux salaires qui arrivent. Et y'a plus de choses pour servir à la maison. Mais est-ce que les gens sont plus heureux ? On veut peut-être trop de choses. On veut vivre mieux, mais c'est allé trop vite, peut-être…

J'acquiesce, nous avons la vie plus facile, mais le bonheur, c'est autre chose. Les femmes ont gagné en autonomie et en liberté, mais cela n'a pas créé une société du bonheur pour autant. Nous avons encore beaucoup de chemin. Dans les journaux aujourd'hui, ils parlent de la chute de la natalité en France. Jeanne pense que les jeunes réfléchissent davantage sur leur envie de fonder une famille à cause des menaces environnementales et des crises que cela présage.

. Nous évoquons une Europe qui se radicalise, et une extrême droite très présente dans de nombreux pays. Mais à cela, Jeanne a rapidement une pensée sage, qu'elle me transmet généreusement. Elle me confie et insiste :

— Moi je vous conseillerais de vivre le présent et de ne pas vous poser des questions. Parce que vous allez sortir d'un sujet, et il y en aura un autre. Vous n'en sortirez pas. Et des guerres, y'en aura tout le temps.

Jeanne remet ses chaussures tout en continuant la conversation, toujours assise dans son fauteuil. Elle n'aime pas être en retard pour se rendre à la salle à manger. Elle se lève en me remerciant, un large sourire aux lèvres, et me dit qu'elle aime bien bavarder avec moi. Elle me dit que ça lui fait plaisir. Elle ne se rend pas compte que ces simples mots me touchent énormément. Nous descendons le couloir côte à côte. Jeanne s'aide de son déambulateur pour se mouvoir. Elle est rigolote quand elle marche. Elle fait une multitude de petits pas pendant que j'en fais deux. Nous nous faisons dépasser dans la course par des fauteuils roulants. Je laisse Jeanne s'attabler aux côtés de Marie, sa compagne de tablée. J'aimerais bien entendre ce qu'elles se racontent entre la soupe et le dessert…

René Corneteau, né le 29 avril 1936

A chaque fois que j'entre dans la chambre de Mr Corneteau, c'est la même scène. La musique sort de son petit poste posé sur la table. Il se tient debout face à moi, les mains derrière le dos. Il est d'apparence soigneuse et nous pouvons voir le bel homme qu'il fut dans sa jeunesse. Sa chambre est parfaitement rangée, son lit, impeccablement fait. Peu de meubles et peu de souvenirs s'offrent à notre regard. Pas de photo de famille sur les murs. Il s'inquiète car il est 11h15 et le repas est à 12h15. Je dois ruser et insister un peu pour que l'on puisse s'installer et discuter tranquillement. Il vérifiera l'heure sur sa pendule et sur sa montre à mesure que nous avancerons dans l'entretien, jusqu'à me mettre gentiment à la porte à 11h50. Le repas, c'est important pour René ! C'est même son moment préféré de la journée. Il retrouve ses compagnons de tablée et peut discuter. Il n'est pas arrivé au Colombier à contrecœur, à la suite d'un accident par exemple. René a choisi de venir s'installer ici, chambre n°23, pour combattre la solitude. Il souhaitait dans sa vieillesse pouvoir se reposer sur une épaule et pouvoir partager des moments de vie. Ce fut néanmoins difficile au début car, et voici ses mots : « On sait bien qu'on arrive ici pour en finir. On comprend bien ce qui nous attend. J'essaie de ne pas trop y penser. C'est pareil pour tout le monde alors… »

J'ai rencontré René pour la première fois le jour du réveillon de Noël. Sachant par les aides-soignantes qu'il ne recevait que très peu de visites, je me suis permis d'aller frapper à sa porte pour lui apporter quelques chocolats et lui présenter mon projet d'écriture. Il a immédiatement répondu avec le sourire qu'il ne souhaitait pas participer car il n'avait rien fait dans sa vie d'intéressant et que donc, il n'avait rien à raconter. Il lui aura fallu finalement quelques secondes pour se mettre à me parler. Et peut-être que trois minutes après mon arrivée, ma main était déjà posée sur son bras. Sa voix douce, son regard tendre et rempli d'émotions, son air réservé et poli en toute circonstance, m'ont immédiatement conquise. Dans le silence de nos regards, la décision se prend. René me racontera.

Néné pour les intimes, est né dans une ferme à La Marchaisière, hameau de St Etienne, entouré de ses deux frères et de sa sœur. Il a changé trois fois de maison mais toujours en restant dans ce même petit village au cours de sa longue vie de paysan. Il a commencé à y travailler très jeune, comme tous ses contemporains, à l'âge de 10 ans environ. Jamais René n'est parti en vacances. Mises à part ses deux années de service passées en Algérie, il n'aura eu comme décor autour de lui que la ferme de ses parents et les vallons alentours.

Son père est décédé jeune, à l'âge de 44 ans. René ne s'étant jamais marié, il a vécu avec sa mère jusqu'à ce que celle-ci parte à son tour. Toute la famille a principalement vécu de l'exploitation de vaches à viande. Jusqu'au début des années 60, ils n'avaient pas de machine, pas de tracteur, et travaillaient la terre avec des bœufs. Il se souvient d'avoir labouré la terre avec six bœufs à la fois, en plaçant les jeunes bœufs au milieu pour qu'ils suivent bien le mouvement et qu'ils ne cherchent pas à partir dans tous les sens. Quand René eut environ 25 ans, ils firent l'acquisition d'un premier petit tracteur de 15 chevaux avec une seule charrue. La selle était toute dure, et passer une journée dessus vous cassait le dos. Puis, petit à petit, ils ont acheté des machines de plus en plus sophistiquées jusqu'à un tracteur de soixante-deux chevaux. Mais il fallait suivre financièrement ! Pour améliorer le confort de travail, il fallait s'endetter en faisant des investissements dans le matériel, et donc travailler davantage pour payer ses dettes…

René me raconte sa vie dans les champs avant la révolution des machines avec quantité de détails et d'anecdotes :

— On faisait tout à la main ! Alors c'est pas difficile à comprendre ! On coupait l'herbe à la main, la ramassait à la fourche pour la jeter dans la charrette, puis on la vidait dans la grange toujours à la main, en faisant bien attention que l'humidité ne puisse pas la gâter. Ensuite il fallait encore la monter pour la stocker, pour l'hiver, une fois qu'elle était bien sèche. Pareil avec la paille.

Plus tard, la famille s'est diversifiée et a développé la culture du tabac et de la vigne. La culture du tabac était très rentable car elle demandait peu de terre. Mais la récolte nécessitait beaucoup de main d'œuvre car il fallait encore une fois, ramasser les feuilles à la main et les mettre à sécher dans un grand séchoir à tabac. Ensuite il fallait les trier pour aller finalement les livrer. La vigne était profitable également. Ils pressaient et mettaient en barrique le Noah dans leur propre cave. Ils sortaient environ 80 barils de vin par an pour la vente.

— Incroyable. Tout cumulé, le tabac, le vin, pis les bêtes… quand le soir tu te couchais, tu mettais pas longtemps à dormir. Pis fallait se lever la nuit pour surveiller les vêlages ! Parfois on perdait le veau, parfois même le veau et la mère ! C'était terrible. Ça fait du bien d'en parler car ça remet les choses en tête. Fallait être courageux pour faire tout ça. Je me levais à 5h du matin pour faire les battages. Pendant au moins 15 jours. Et on travaillait jusqu'à 11h du soir ! Les voisins venaient nous aider. On était une vingtaine d'hommes à travailler. Y'en avait qui étaient aux herbes, d'autres à la paille, d'autres au grain. On tournait de village en village pour s'entraider. Et le soir, pendant les veillées, on jouait aux cartes et les femmes tricotaient.

En écoutant ses récits, je me dis que cette vie de paysan sans vacances et sans loisir est sans aucun doute rude et contraignante. Mais elle aura fait son bonheur. René a mené une vie qu'il estime heureuse dans sa campagne stéphanoise, entouré de sa famille et de ses amis.

Pourtant, la vie de René a basculé lorsqu'il a été appelé pour partir en Algérie. Il n'avait alors qu'une vingtaine d'années, une petite amie, des copains, des sorties aux bals de villages… Il aura donné deux ans pour son pays mais c'est sa vie entière qui en sera bouleversée. Il n'aime pas trop en parler car c'est encore terriblement difficile, soixante ans après.

— L'armée m'a marqué beaucoup. J'ai fait plus de deux ans, j'ai vu des morts à mes pieds. Ça s'efface pas comme ça. Il m'arrive encore d'avoir des cauchemars. Je veux pas en parler trop. C'est trop dur. J'y suis allé parce que j'étais obligé sinon je serais resté chez moi, c'est sûr. Je vois des copains comme je vous vois là… une nuit, un copain, il avait froid, et au matin… il est mort. On en a perdu huit la même semaine. Vous voyez comme ça peut vous marquer ? Tu partais, pis tu te disais : c'est qui qui reste ? Pourquoi lui, pourquoi pas moi ?

Lorsque René se remémore ces souvenirs douloureux, son regard est habité, et une lueur différente brille dans ses yeux. Il revit les événements. Je le laisse naviguer dans sa mémoire, à son rythme. Je ne lui pose pas de question, je ne veux pas l'obliger à s'en remémorer davantage. Il doit pouvoir s'extirper de ses montagnes algériennes à sa guise. René n'a jamais pu soigner ses traumatismes faute de soins, et ceux-ci n'ont eu de cesse de le hanter. C'est ça. Hanter. Lorsque René parle de sa guerre, ce sont des fantômes qui s'agitent dans ses yeux.

— Je suis rentré d'Algérie à 25 ans. Vous vous rendez compte, ce que ça peut faire à un jeune ? Avant la guerre j'allais au bal avec les copains tout ça ! Je suis rentré, j'étais lessivé. On me parlait, et je ne répondais pas. Tous les trucs de jeunesse, tu passes à côté. Pis dans ce temps-là, chacun se démerdait. Y'avait pas de médecin pour s'occuper de ça. Y'avait personne pour remonter le moral.

René est rentré en état de choc post-traumatique, état bien connu et traité de nos jours, mais de son temps, il a dû se débrouiller avec des troubles psychologiques graves sans aucun soutien médical. Je ne m'imagine pas l'angoisse de ne pas comprendre ce qu'il se passe, de ne pas savoir comment y remédier, et de ne pas savoir si ça ira mieux un jour. Durant de longs mois il n'a prononcé mot. Dès lors sa vie prit un virage. René ne rencontrera pas de femme qu'il pourra aimer et épouser car dans les campagnes des années 60, si tu n'es pas marié à tes trente ans, c'est fini pour toi. Trop embourbé dans les méandres de ses douleurs morales, René rate le coche. Il porte aujourd'hui le regret considérable de ne pas avoir pu fonder une famille et de ne pas avoir eu d'enfant. Aujourd'hui, seul dans sa chambre numéro 23, ce qui lui manque le plus, ce sont des enfants.

— J'étais en Grande Kabylie. On m'avait donné une permission pour le mariage de mon frère, ça faisait deux mois seulement que j'étais arrivé. Mon chef a fait une exception. Pis après j'ai été deux ans sans revenir. A mon retour, je ne reconnaissais pas les enfants du village que j'avais laissés. Vous pouvez pas vous rendre compte...

— Les copains là-bas, c'était mieux que des parents. On s'appuyait les uns sur les autres. Ils ne savaient pas qu'on avait peur aussi ! Ils se disaient que l'autre n'avait peut-être pas peur.

— La faim c'est rien. Le pire c'est la soif. On buvait à quatre pattes comme les vaches, dans l'oued, mais on savait pas si l'eau était bonne. On partait en opération pendant huit jours, pour attaquer les félouses (combattants nationalistes algériens). On buvait dans la rivière. On était obligé de faire tout ça. On n'avait pas le choix. On savait pas trop pourquoi on était là... Mais s'il y avait une personne pour faire rire les autres c'était moi !

— Quand on partait en opération on ne savait pas si on allait y rester. Ça c'était terrible. Après, ils rassemblaient les cercueils, et voir ses copains comme ça dans les cercueils… C'est pire que la famille, vous comprenez, tous les jours ensemble ! Un copain là-bas, en Algérie, c'était plus que la famille ici. Un copain mort à tes pieds comme ça là… c'est terrible.

— Quand je suis rentré en France, j'avais perdu tous mes copains de l'armée. Soit, ils étaient morts, soit ils étaient rentrés chez eux. Alors j'étais seul. Mon silence a duré très longtemps. J'arrivais pas à dominer le truc. Au début je ne m'en rendais pas compte. C'est mon entourage qui a fait que j'ai compris que je n'allais pas bien. Ils étaient embêtés par mon état. J'avais une petite amie avant de partir en Algérie. Elle m'écrivait des lettres, puis un jour je n'en ai plus reçu. Je me suis senti abandonné. A mon retour, je n'allais plus aux bals et je n'ai pas rencontré de femme. On commande pas. Ça devait être comme ça. Pis, les gens se sont mariés et on perdait les copains. Après 30 ans, on est trop vieux pour fonder une famille, pis… ça passe. C'est un manque de chance. Je pense que j'ai eu une vie heureuse malgré des mauvais passages.

Je lui demande s'il parlait de ses traumatismes avec les autres vétérans de guerre de St Etienne pour soulager sa peine.

— On en parlait, mais pas trop.

Nous venons tranquillement à discuter du présent. Sa nièce et son neveu le visitent régulièrement et lui apportent les nouvelles du village. Il aime écouter Céline Dion et l'accordéon, il aime marcher, et il apprécie participer aux activités proposées par Nadège.

— J'ai fait quatre fois le loto depuis que je suis là. J'ai gagné 3 fois ! Et à la galette l'autre jour, j'ai gagné la fève ! Je suis chanceux ! Je sais pas pourquoi ! Plus jeune à la kermesse, j'ai gagné un petit cochon aussi.

J'observe, de loin, la seule et unique photo qu'il possède dans sa chambre. Elle est encadrée, posée sur son réfrigérateur. Intriguée je me lève pour la voir de plus près. C'est une photo assez récente où l'on voit René au premier plan, marchant sur un chemin forestier avec son fusil de chasse posé dans le creux de son bras, et au second plan, le suivant non loin, un sanglier.

— C'est le sanglier qui suit le chasseur. C'est rare ! dit René.

— C'était votre copain on dirait ?

— Oui, pis il vit toujours. C'est Pégo ! Il doit avoir 7 ou 8 ans maintenant. Il fait 120 ou 130 kilos. Il est dans un terrain de 40 hectares, avec 3km de grillage. Il est habitué, dès qu'il entend un moteur, hop, il arrive. Alors on fait attention, pis on le caresse. C'est mon neveu qui s'en occupe, il va le voir tous les jours et lui donne à manger.

— Mais pourquoi vous avez un sanglier ?

— Parce qu'on l'a trouvé dans un piège à ragondin. Il avait trois ou quatre jours, pas plus. Si on le récupérait pas il était perdu ! On l'a nourri au biberon avec du lait en poudre qu'on faisait chauffer un petit peu, et on l'avait mis dans un local, dans la paille. Au début il avait un peu peur pis après il s'est habitué. Quand on aime les bêtes… Heureusement qu'on l'a trouvé sinon il était perdu !

— Vous chassiez beaucoup ?

— Non. Pas beaucoup. Moi je chassais pas pour la viande. J'aimais pas voir les bêtes mourir. Mais j'aimais voir les chiens d'arrêt qui chassaient. C'est beau de voir le travail du chien. C'est unique. A la ferme il ne fallait pas m'appeler quand une bête devait être tuée. Je prenais les bêtes un peu comme les gens. Dès qu'une bête était malade on s'en occupait, on appelait le vétérinaire tout de suite.

Je lui demande son meilleur souvenir, une anecdote, ou quelque chose de fou qui lui serait arrivé, mais rien ne lui revient en tête. Je lui demande alors si peut-être il avait un rêve et il me répond : « Non. C'est comme ça pis c'est tout. On s'acharne pas sur un truc… non. » Eh non, c'est vrai, je commence à comprendre. Ces hommes et ces femmes des années trente, ils vivaient au jour le jour. Comme le disait Jeanne, ils ne se posaient pas tant de questions.

Nous vivons et pensons différemment. Ma génération a eu le droit au rêve. On nous a demandé d'ailleurs très tôt d'avoir des rêves et de les poursuivre. Ce qui peut donner davantage d'amertume ou de regret par la suite car peu d'entre nous voient leurs rêves et leurs ambitions se réaliser, laissant la place au sentiment d'avoir raté sa vie peut-être. On peut se marier à n'importe quel âge sans que ce soit un sujet. On ne part pas en guerre mais en vacances. En revanche, on n'écoute peut-être pas assez d'accordéon.

Nous sommes dans le creux de l'hiver. Il pleut sans arrêt cette année. Je me dis qu'aux beaux jours j'aimerais bien aller me promener un peu avec René, s'il est d'accord.

Je le laisse seul dans sa chambre à 11h50, seul avec ses fantômes de la guerre, seul avec les fantômes de ses enfants qu'il n'aura jamais connus, emportant avec moi de l'amertume et la frustration de l'injustice. Comme je souhaiterais que les choses eussent été différentes pour notre ami.

Raymonde Neauleau dite Elise, née le 2 juin 1927

Élise est arrivée à la maison de retraite il y a un an. Elle se reposait tranquillement chez elle, lorsqu'en voulant se relever, elle s'est pris les pieds dans sa couverture et est tombée au sol, se blessant à l'épaule. Aujourd'hui c'est encore un peu douloureux mais sa blessure ne l'empêche pas d'être une femme dynamique, qui marche très bien alors que bientôt centenaire ! Bon, il est vrai qu'elle voit mal. Tout ne peut pas fonctionner comme à 20 ans… Mais comme elle dit, ça ne se voit pas !

Élise souhaite discuter avec moi mais ne parle que très peu d'elle-même. Nous discutons de ses amis et surtout de sa famille, des carrières de chacun, et de la relation parfois tendue qu'elle peut entretenir avec certains de ses membres.

Élise a perdu sa maman à sa naissance et n'a pas eu de frère ou de sœur, son père ne s'étant remarié que bien plus tard, lorsqu'elle-même partit pour se marier à 19 ans, en 1946, avec Alexandre. Elle est née à Saint

Etienne puis a grandi dans une ferme à Maché avec ses tantes, ses cousins, et sa grand-mère. Elle se souvient avoir eu l'électricité là-bas pour la première fois lorsqu'elle était âgée de 8 ans. À 15 ans, en 1942, elle est revenue vivre avec son père à St Etienne, à La Boutière. Ils se sont occupés d'une ferme, seuls. Au regard des récits précédents, je réalise l'ampleur de la tâche.

— Eh oui mais c'est la vie qu'on a vécue ! Moi j'ai pas eu de jeunesse hein ! Je sais pas ce que c'est que d'aller au cinéma, j'ai jamais été à un bal ! Les fêtes de famille, c'est tout !

Élise m'explique que je ne peux pas comprendre. Que ma génération ainsi que celles qui me suivent, ne peuvent pas comprendre. La vie d'aujourd'hui est tellement décalée avec ce qu'ils ont vécu alors, que nous ne pouvons parler le même langage. A plusieurs reprises elle me dira :

— On ne peut pas comparer les vies. Pour moi, la vie d'aujourd'hui, elle m'intéresse pas. Non. Y'a des fractures. La vie que j'ai eue, vis-à-vis de mes petits-enfants… ils ne me croiraient pas. Ils se moqueraient de moi.

Élise pense que les jeunes d'aujourd'hui ne s'intéressent pas à la vie d'avant. Selon elle, ce qui manque dans le monde actuel, c'est la cohésion, la communication, et la vie de famille. Elle regrette l'ambiance de naguère.

— On a travaillé dur, très jeunes, tout était manuel. L'instruction, on n'en parle pas puisqu'on n'a presque pas été à l'école à cause de la guerre. Mais tout était entre voisins : les moissons, les battages, les vendanges… aujourd'hui on voit pas ça ! Aujourd'hui, les gens habitent dans la même rue, mais ne se parlent pas ! Quand on coupait le blé tous ensemble, on ramassait les gerbes et on en faisait des treizaines ! Treizaine parce qu'on faisait des tas avec quatre fois trois gerbes, et on en mettait une dernière par-dessus pour faire le chapeau ! Quand quelqu'un mourait, on allait visiter la famille, et on se relayait la nuit ! On veillait les morts pendant deux ou trois jours dans les maisons ! Maintenant tout ça c'est plus comme avant.

Elle me raconte des histoires par bribes, mais elle ne se voit pas les raconter à ses propres petits-enfants. Élise a le sentiment que sa vie entière s'est déroulée sans qu'elle n'ait pu en choisir un seul pan. Elle a pris l'habitude, dès toute petite, d'obéir à son père et aux adultes en général, qui rappelons-le, étaient moins sensibles à l'éducation positive et non violente qu'aujourd'hui !

— J'ai jamais rien eu à moi. Tout m'a été pris. C'est comme si j'existais pas. Je n'ai jamais eu ma place. J'ai vécu sous la main des autres et puis c'est tout. Il fallait écouter et obéir. Tout ce que j'ai vécu, je le rends par les yeux.

Elle est partie travailler avec son mari et ses enfants pendant quelques temps au Pellerin, en Loire Atlantique, en tant qu'ouvrier agricole.

— Au Pellerin, on n'avait pas les deux pieds dans le même sabot. On allait en vélo traire les vaches dans les marais, à 7 ou 8 km de la ferme, entre le canal et la Loire. Y'a quelquefois l'eau qui montait et il fallait se retirer en vitesse. Alors on mettait deux bidons de dix litres chacun dans le guidon pour revenir. Et si on en avait de trop, on laissait un bidon dans les dous. C'est une sorte de grand fossé très profond pour prendre les marées. Et quelqu'un passait le récupérer plus tard. C'était bien là-bas. Mais mon mari il aimait pas alors on est parti.

Tout comme M. Dahéron, Élise est très marquée par la condition sociale des paysans. Elle est écœurée du comportement de certains qui méprisaient et méprisent encore les paysans. Elle appelle les paysans « les petits ».

— Quand je vois un arrière-petit-fils qu'est pas sorti de la terre, devenir agriculteur, beh moi ça me fait mal au ventre. C'est une vie trop dure.

Souhaitant lui changer les idées en abordant un autre sujet, je lui pose ma fameuse question, une question que je pose à chaque résident avec deux yeux ronds : « Est-ce que vous vous souvenez avoir vu les premiers pas sur la lune à la télévision ? » Et encore une fois, la réponse est vague. Le souvenir est diffus. Élise se souvient seulement de l'histoire du chien Laïka qui fut envoyé dans l'espace par l'URSS car elle a connu un chien du même nom… Je dois me rendre à l'évidence, ce moment de l'histoire de l'humanité n'a pas trouvé grande résonance dans notre Vendée paysanne. Moi qui étais persuadée que ça avait dû être un événement hors norme et incontestablement mémorable pour chaque être humain, au moins aussi retentissant que… le moonwalk de Michael Jackson peut-être ? C'était tellement loin de leur réalité et de leur quotidien, je finis par me rendre à l'évidence qu'ils s'en fichaient pas mal ! Dans les années 60, un transistor bon marché vaut 245 francs, et le salaire moyen d'un ouvrier est de 580 francs. Autant dire que la paysannerie avait d'autres chats à fouetter que de courir après le progrès des autres ! Je m'imaginais naïvement que tout le monde avait mis sa vie en pause pour assister d'une manière ou d'une autre à cet événement. Ahhhh… La propagande américaine dans ses films et séries à l'effigie de leurs propres succès nous fait croire à bien des histoires… Je vais cesser de poser cette question qui n'intéresse personne.

Aujourd'hui Élise apprécie sa vie à l'Ehpad, et participe lorsqu'elle le peut aux activités proposées par Nadège. Sa mauvaise vue et ses mains peu mobiles ne lui permettent plus de participer à certains ateliers. Elle aime surtout regarder la messe le dimanche à la télévision. Elle me parle du sermon entendu la veille dont le thème était la maladie. Auparavant, elle se souvient qu'il y avait trois messes le dimanche à St Etienne. Une à six heures, une à huit heures et une à dix heures. Cela permettait à tous les membres de la famille d'assister à la messe, tout en s'organisant dans le travail. C'est dire si la messe, c'était important !

— On y a vraiment cru, mais avec tout ce qu'on entend, beh on sait plus! Toujours on nous disait, il faut croire. Alors on croyait ! Y'a quand même pas mal de prêtres qui ont fait des bêtises. Dire qu'on croit, beh on a été bercé là-dedans... donc oui ! Mais on doute parce qu'il y a trop de choses qui ont été cachées.

Je réalise à quel point ma vie aurait été différente si tous les dimanches on m'avait expliqué que je devais croire ! Si tous les dimanches on m'avait rempli le cœur et l'esprit de choses tantôt merveilleuses et tantôt terrifiantes ! Je ne peux la rassurer dans sa foi, la mienne s'étant perdue il y a bien longtemps. Peut-être la retrouverais-je lorsque je serai assise dans le fauteuil d'Élise, à regarder tomber les dernières feuilles d'hiver par la fenêtre, et que le réconfort sera plus chaleureux que le doute.

Je laisse Élise se rendre à son déjeuner. Elle me confiait plus tôt que c'était un peu étrange de me raconter tout ça. Elle veut bien me parler et participer au projet, mais surtout, elle ne veut pas se mettre au-dessus, entendez, en avant. Tout ce qui est au-dessus, pour Élise, c'est dégradant. Elle eut crainte, peut-être, que le fait d'exposer un bout de sa vie ne soit péché d'orgueil. Je la rassure comme je peux sur le fait qu'il n'y a aucun mal à parler de soi, et que ce qu'elle a à me dire, même si c'est peu, m'intéresse et intéressera tous ceux qui la liront.

Émile Perraudeau, né le 3 juillet 1926

J'ai rencontré Émile par un beau matin d'hiver, dans les couloirs de l'Ehpad. J'allais rendre visite à René ce jour-là. En pénétrant dans le hall j'ai entendu le piano au loin qui jouait un air. Je fus surprise car ce piano est généralement silencieux. D'un pas décidé, je me suis approchée d'un monsieur me tournant le dos, concentré à sa tâche. Nous nous sommes regardés, sans prononcer mot. Deux yeux bleus et ronds m'ont dévisagée, surpris, mais souriants. Je lui demande alors, tout de go :

— Vous me jouez quelque chose ?

Émile réfléchit un instant, puis, armé de son index droit, raide comme une baguette, enchaîne des notes que j'essaie de comprendre pour en deviner la musique.

— C'est quoi ? demandais-je.

— « On n'a pas tous les jours 20 ans » me répondit-il avec un large sourire.

Et nous voilà partis à rire. Émile me raconte qu'il s'est mis au piano il y a peu de temps. Sa famille lui a offert un petit carnet de partitions à Noël, et depuis, il a appris toutes les chansons qui le composait.

— J'ai commencé par « Au clair de la lune » mais j'avais de la peine à y arriver. Maintenant, je peux toutes les jouer ! Alors… ils m'appellent le pianiste ! L'autre jour, la directrice, elle est venue frapper à ma porte et elle me dit : « M. Perraudeau il faut que vous veniez, le docteur voudrait vous voir jouer du piano ! ». Alors j'ai joué devant l'docteur ! Ah il était impressionné !

Et nous rions encore. Émile a ce je ne sais quoi qui vous met la joie au cœur. Je lui demande si nous pourrions échanger un jour, s'il accepterait de me raconter sa vie. Il n'est pas trop sûr mais, ayant trop envie de venir passer du temps en sa compagnie, j'insiste un peu. Il accepte finalement, tout sourire, et nous posons un rendez-vous.

Émile a vécu avec ses parents à Beaufou. Il en est parti pour venir s'installer à St Etienne du Bois lorsqu'il s'est marié en 1948, avec Marie-Madeleine Bossard, aujourd'hui décédée. Ils auront eu quatre enfants nés de leur union. Deux garçons, deux filles.

Émile et Marie-Madeleine se sont rencontrés en 1943, quelque part sur la place du village, lorsqu'il était âgé de 17 ans. Il est ensuite parti faire l'armée en 1946 et a vu du pays ! Il est allé jusque dans le désert de Lybie. Ils auront attendu 5 ans avant de se marier.

Il dit alors à sa femme : « Je veux bien me marier, mais à la condition que je chasse ! Pas question qu'elle m'a répondu ! » Bon… elle a finalement accepté, et il a chassé pendant 50 ans !

Émile était le tireur d'élite de St Etienne du Bois. Il pouvait tuer en une saison de chasse : une trentaine de lièvres, 150 perdrix, autant de pigeons et de lapins. Mais au début de leur union, il n'avait pas de fusil, alors il braconnait et vendait son gibier. Grâce aux quelques sous récoltés de sa vente, il a pu s'acheter son tout premier fusil de chasse. Car il faut savoir que ces deux-là n'avaient pas un sou en poche lorsqu'ils se sont installés dans leur ferme à La Bocardière, en 1956.

— À trente ans, quand je me suis mis en ferme, j'avais pas un sou. J'ai acheté deux, trois vaches. On faisait du lait et du beurre. Marie-Madeleine allait vendre 4 ou 5 livres de beurre à vélo au Poiré-sur-Vie, à 45 minutes. Alors voyez, ça s'est fait petit à petit. Tous les ans, ma ferme grossissait. J'ai pu m'acheter un tracteur. Puis j'ai fait de la culture de tabac, ça, ça gagnait bien ! Pis je chassais et je pêchais ! L'été, je pouvais ramasser des montagnes d'anguilles ! Tout le monde en profitait. C'était pas comme aujourd'hui avec tous les pesticides, y'avait beaucoup plus de gibiers et de poissons ! Ah non, je pouvais pas m'arrêter. J'avais toujours quelque chose à faire ! J'étais toujours occupé.

A cette époque, il était coutumier pour des femmes qui étaient veuves, à la retraite ou les deux à la fois, de venir travailler contre le couvert. Émile et Marie-Madeleine ont ainsi pu bénéficier d'une main d'œuvre qui ne leur coûtait rien, car ils nourrissaient ces travailleuses du fruit de leur potager, de leur ferme, de la chasse et de la pêche. Elles mangeaient à la ferme matin, midi et soir. Tout le monde y trouvait son compte.

— J'ai travaillé dur parce que quand j'ai commencé mon chantier, y'avait pas de bâtiment. J'ai monté 50 mètres de séchoir à tabac tout seul. Je travaillais nuit et jour.

De n'avoir rien eu aisément, Émile était très économe.

— Arrivé à la retraite, je n'avais pas d'argent de côté. J'ai vendu mon cheptel mais à ce moment-là, ils achetaient pas cher. C'était pas de chance. Ensuite, j'ai fait très attention à mon argent. Je dépensais seulement un quart de ma retraite tous les mois. J'allais à Legé faire mes courses pour le mois, je dépensais 20€ ou 30€ dans ce qui était nécessaire, pis le reste dans les commerces de St Etienne du Bois. Puis quand je suis tombé malade et qu'ils m'ont envoyé à l'hôpital, ma fille a géré mes comptes. Et elle m'a dit : « Mais papa, t'as pas besoin de vendre ta maison ! T'en as plus qu'il t'en faudra pour vivre jusqu'à la fin de tes jours ! » Alors j'ai vendu ma maison et j'ai partagé entre mes quatre enfants. Je n'ai pas touché d'héritage moi. L'argent que j'ai gagné, je l'ai tout gagné de mes mains.

Émile me montre des photos où on le voit se tenir fièrement auprès de dizaines de paniers de toutes formes. Une fois arrivé à la retraite, il a confectionné des centaines de paniers en osier et en châtaignier. Émile me dit qu'il n'a appris de personne et qu'il a un don de ses mains. Il est persuadé de pouvoir absolument tout faire de ses dix doigts : des constructions, des paniers, du piano…

— J'en faisais peut-être 30 dans l'hiver. Tout le monde m'en demandait. Je les vendais pas, je les donnais.

— Qui vous a appris à en faire ?

— Personne, c'était dans ma tête. De mes mains, je peux faire tout ce que je veux. J'allais couper du saule ou du châtaignier tous les hivers en lune descendante. C'est important parce qu'en lune montante, l'année d'après c'est tout vermoulu. Alors qu'en lune descendante, votre osier, c'est de l'acier ! Je coupais les branches avec une raboteuse pour faire des lamelles. Je les faisais cuire pendant une demi-heure et ensuite je les mettais encore humide dans des sacs poubelles pour pas que ça sèche et que ça casse.

Un jour Émile veut mettre de l'osier à bouillir. Il ouvre son gaz, craque une allumette mais celle-ci est humide. Pas moyen d'allumer le feu. Il monte à la cuisine chercher une allumette. Le téléphone sonne. Quelques temps plus tard, il redescend pour se remettre au travail. Il craque son allumette et se retrouve projeté sur plusieurs mètres par l'explosion. Il avait oublié d'éteindre le gaz entre temps. Heureusement, il a pu ramper pour fermer le brûleur. Son visage et ses poils ont été brûlés. Depuis, il n'a plus de cil qui repousse. Par chance, ses yeux n'ont subi aucun dommage.

Emile rit et sourit beaucoup durant tout notre entretien. On a la sensation que ce fut un gai luron.

— J'ai pas eu une jeunesse malheureuse, non. Mais on n'était pas riches. Le dimanche on allait à la messe. Et après, avec les copains on allait au bistrot. Mais c'est à peine si on avait une pièce pour boire une chopine ! On se faisait mal voir par nos femmes parce qu'on ne revenait pas de bonne heure pour déjeuner !

Ça fait deux ans désormais qu'il vit à l'Ehpad. Il s'y trouve bien et apprécie tous les membres du personnel. Mais il ne parvient pas à s'arrêter de s'activer. Si jamais il voit des rosiers mal taillés dans l'allée du jardin, il va vouloir aller les tailler lui- même ! Quand il se pose, il aime faire des mots mêlés, assis maladroitement sur son lit, accoudé sur sa table roulante. Il ne me faudrait pas trente minutes pour avoir mal au dos dans cette position. Mais lorsque l'on s'appelle Émile, c'est une position parfaite. La nuit, quand il ne parvient pas à dormir, il fait ses jeux ou bien il regarde la télé. Il aime bien les reportages sur la nature ou les matchs de boxe. C'est à peu près tout ce qui peut l'intéresser sur ce petit écran.

Émile aime à garder son autonomie. A 98 ans, il prend sa douche tout seul, se coupe les cheveux tout seul, se coupe les ongles de pied tout seul. Attention, concernant cette dernière compétence, la technique utilisée est pour le moins surprenante ! Émile utilise un canif ! Alors on lui excuse les approximations sur sa pédicure… Il ne veut pas qu'on l'aide. C'est inenvisageable pour lui. Il éprouve d'ailleurs beaucoup de peine concernant les résidents qui sont devenus dépendants. Pour Emile, voir des gens qu'il a connus vifs par le passé, ne pas pouvoir tenir leur cuillère pour s'alimenter, c'est épouvantable. Il ne supporterait pas de se retrouver dans cette situation. Sur ce, il m'explique avec le sourire, qu'il lui reste deux ans à vivre. C'est son pendule qui lui a dit.

De la vie de ses parents et aïeux, Émile ne connaît pas grand-chose. Ils ne lui racontaient pas leur vie. Il se devait même de les vouvoyer. Un manquement à cette tradition lui aurait valu une correction ! Mais il était tout de même proche de son grand-père et celui-ci lui a tout appris : quand et comment couper les arbres, gérer les semences et les récoltes en fonction des lunes, chasser, pêcher... ce vieux loup connaissait la nature comme sa poche. Grâce à cette transmission, Émile a pu construire et vivre une vie faite de labeur mais qui l'aura rendu heureux.

Cette année, Émile souhaite planter des fraisiers sur sa terrasse. Comme ça, le personnel pourra en manger quelques-unes.

Renée Berieau,
2ème entretien

— « Je vous salue Marie, pleine de grâce, le Seigneur est avec vous, … »

Mme Berieau me récite une prière en entier, par cœur, en guise de bonjour, alors que je m'assieds auprès d'elle dans le hall du Colombier.

— Merci, c'est gentil de faire une prière pour moi !

— Parce que je t'aime bien.

Eliane Guittet, née le 19 août 1933

Lorsque j'ai rencontré Eliane, elle était allongée dans son lit. Ce matin-là, elle ne souhaitait pas se rendre à la lecture du journal avec Nadège et les autres résidents. Ses hanches la faisaient souffrir. Allongée sur son flanc, face à la fenêtre, on aurait pu croire à un bonbon emballé dans ses couvertures. Eliane est une femme toute en rondeur. Quand vous lui posez une question, ce sont également deux grands yeux ronds qui vous dévisagent. Pour Eliane, raconter est un exercice difficile. Les souvenirs sont confus, les mots sont éparpillés dans sa tête, le temps a perdu ses repères. Je parviens tout de même à collecter les informations au gré de la discussion.

Eliane Guittet née Daheron est la cousine de Roger Daheron. Elle a grandi dans le fameux village de La Tulévrière situé à cinq kilomètres de St Étienne. Ses parents étaient des fermiers. Ils exploitaient des terres appartenant à un propriétaire mais ils avaient la chance de posséder quelques terres à eux.

Eliane a connu une naissance difficile à ce qu'on lui a raconté. Probablement une naissance en siège car on lui a expliqué qu'il avait fallu lui tirer très fort sur les jambes pour la faire naître. Si fort qu'on lui aurait causé des dommages irréversibles. Eliane a souffert toute sa vie de douleurs dans ses jambes et dans ses hanches.

Lorsqu'elle était enfant, pour lui éviter de trop marcher pour se rendre à l'école du bourg, ses parents la mettait en pension chez une tante à La Poissonnière.

— A la maison j'étais dans la peur de me faire gronder par mon père. Chez ma tante j'étais bien. Comme j'étais fragile et que je ne pouvais pas trop marcher, mes parents payaient pour me mettre chez elle. A l'heure du goûter, ma tante me donnait une tartine avec du chocolat. Elle me donnait une pièce pour que j'aille acheter mon chocolat. J'étais vraiment gâtée. Je lui faisais ses courses, je l'aidais à faire la vaisselle. C'était une bonne maison. Et j'étais bien vue. Vraiment, j'étais bien là-bas.

Eliane a rencontré Albert, son futur mari, à un bal.

— Y'avait une soirée dansante dans le bourg. Ça a été le coup de foudre pour tous les deux ! C'était la saison des vendanges. J'avais 16 ans je crois. Mais les parents m'avaient prévenu que s'il m'arrivait quelque chose… ! J'avais peur de tomber enceinte, j'en voulais pas. Mais… ça parlait dans les ménages ! C'était pas rigolo. Alors on a fini par se marier quand j'avais peut-être 18 ou 19 ans car ça faisait déjà longtemps qu'on sortait ensemble. Et il avait quand même 6 ans de plus que moi !

— J'avais un mari qui était très facile. Il était gentil et on s'est bien entendu. Il a fallu qu'il reste au pays parce qu'on n'avait pas d'argent, mais il aurait bien aimé faire autre chose que fermier. Il aurait préféré travailler dans une usine ou autre. Seulement, avec mes parents, fallait pas discuter ! On n'avait pas le choix que de rester en ferme ! C'était pas facile à l'époque. C'était la ferme qui comptait. Il fallait obéir, il fallait être sage. On n'avait pas le choix.

— Albert n'a pas été appelé pour partir en Algérie. Il était trop vieux. J'ai eu de la chance de le garder près de moi. Ah oui, vraiment, j'ai eu de la chance.

Eliane et Albert sont restés quelques temps à La Tulévrière, puis ont déménagé à La Boulogne, se rapprochant de la famille Daheron par la même occasion. Les parents d'Eliane ont emménagé avec eux. Ils auront eu trois enfants, aujourd'hui à la retraite, et qui viennent souvent la visiter. Ils cultivaient du maïs, du blé, de la vigne, du tabac, et s'occupaient des vaches.

— C'est une saloperie le tabac ! La poussière était toxique. Ça m'a rendu malade !

— J'ai fait un apprentissage plus jeune dans le commerce. Mais rester tout le temps assise, je pouvais pas. C'était trop dur. Ça me faisait trop mal. Et puis mes parents ne voulaient pas que j'aille ailleurs travailler. Ils avaient peur que je tombe enceinte. Pour mon frère, ça a été plus facile. Il a été boucher. Ça a été bien pour lui. Il a pu bien gagner sa vie.

Le temps passe et peut-être que mes questions lui ont tout mélangé dans sa tête. Ou peut-être est-elle trop fatiguée désormais pour y répondre. Je lui demande si elle est partie en vacances avec son mari, et ses réponses sont emmêlées. Elle me parle de vacances avec ses parents en voiture à cheval, les confondant avec celles passées au côté d'Albert.

— On est allés à Lourdes pour notre premier voyage. On est allés dans les Pyrénées aussi.

Ça, je doute fort qu'elle y soit allée en calèche, j'en déduis donc qu'elle s'y est rendue avec Albert. Puis elle me parle de son frère quand je lui pose des questions sur ses enfants. Je ne parviens plus à comprendre qui est qui, et qui a fait quoi.

Aujourd'hui Eliane aime participer aux activités proposées par Nadège quand elle s'en sent capable et aime regarder la messe à la télé le dimanche. Elle pense que cela fait à peine quatre ans qu'elle réside à l'EHPAD. En vérité, cela fait plus de six ans qu'elle y est pensionnaire. Elle y est arrivée avec son mari mais celui-ci est décédé en 2022. Parfois, il lui arrive d'oublier qu'il n'est plus là.

Il est très tard, une aide-soignante vient toquer à la porte pour la troisième fois, nous arrêtons notre entretien pour qu'elle puisse déjeuner. Ce midi, Eliane déjeunera dans sa chambre, assise dans son lit. Parfois, si elle est en forme, ils l'accompagnent en fauteuil pour manger au restaurant.

Je suis revenue la voir pour lui poser davantage de questions sur ses vacances mais je n'ai jamais réussi à obtenir plus de précisions. Les questions la fatiguent, je n'insiste pas.

Renée Berieau
3ème entretien

Un mois que je ne l'avais pas vue. Avec les ponts de mai, mes venues étaient plus espacées. Un mois. Le temps qui lui aura fallu pour se perdre davantage entre sa chambre et la salle à manger. Mme Berieau a changé. Je lis de la fatigue sur son visage. Comme cela doit être épuisant de réfléchir sans arrêt. Voici les quelques paroles que nous aurons échangées, paroles prononcées avec sa petite voix très douce qui ne souhaite pas déranger.

— Bonjour ! Comment ça va aujourd'hui ?

— Je suis chez quelqu'un ?

— Non… vous êtes au Colombier

— C'est le Colombier ? Je sais pas où je suis.

— Vous êtes chez vous.

— Mais non ?!

— Mais si, vous êtes chez vous ici, vous êtes au Colombier, à la maison de retraite.

— Oh non. C'est pas moi qui suis… Impensable. Comment ça se fait ?

— Vous avez l'air fatiguée ce matin.

— À Saint Paul ? Mais j'ai rien ! Je vais faire mes affaires. Alors, il y a quelque chose que je comprends pas. Que je fais mais que je comprends pas. Quel chantier. J'étais chez mon cousin… C'est peut-être parce que j'ai quelque chose que…

La discussion se mène sur un rythme lent. Chaque question, chaque semblant de réponse survient comme sorti d'une très longue réflexion.

— Je suis assise là, et je me dis comme ça, voyons, est-ce que je suis là ou pas ? C'est complètement… ohhh... Comment ça se fait que je comprends pas. Y'a quelque chose qui va pas chez moi. Tout de suite là, je suis revenue là, mais c'est pas vrai. Oh mon dieu seigneur. Ah mais je suis chez quelqu'un, c'est forcément ça. Je regarde ça, j'ai bien compris que c'est pas chez moi. Alors je suis là, je suis là pis je sais pas où je suis. Je vois bien que je suis pas chez moi. C'est pas chez moi, ça je le comprends. Mais, je suis donc chez quelqu'un. Et toi, tu me connais ? Et pis tu crois que j'étais chez moi ? Je suis chez ta mère, je suis chez tes parents à toi de toute façon. Ça je sais bien que je suis pas chez moi.

— Vous allez bientôt aller manger. Vous vous souvenez, vous mangez là-bas ?

— Je vais aller manger là-bas ?

— Est-ce que vous pouvez me raconter quand vous étiez petite et que vous alliez à l'école ? Est-ce que vous vous souvenez quand vous alliez à l'école ?

— Je suis là chez quelqu'un. Parce que je comprends bien que je suis pas chez moi. Je sais pas où je suis…

Mes yeux s'emplissent de buée. La voir essayer de ramasser les fragments de ce qu'elle peut comprendre du monde qui l'entoure en permanence, pour aussitôt se retrouver avec des miettes qui s'éparpillent et qu'elle ne peut rassembler. C'est très dur de la voir se battre et de ne pouvoir l'aider. Elle comprend qu'elle respire, elle comprend qu'elle est assise, mais elle ne sait plus rien. Il n'aura suffi que d'un tout petit mois qui s'écoule pour que cette petite dame frêle ne puisse plus me révéler d'indices sur ce qu'elle fut. Les mots sont trop mêlés, l'angoisse et le vertige trop présents.

La semaine suivante, je la verrai assise sur un fauteuil roulant pour la première fois.

Épilogue

Nous sommes à la fin du printemps. Onze résidents ont accepté de s'entretenir avec moi depuis que j'ai commencé la création de ce recueil en septembre dernier. J'ai désormais fait le tour de toutes les personnes en mesure de me relater leur vie, ou désireuses de le faire. Aujourd'hui, sans mener de réels entretiens, je continue de me rendre au Colombier de temps à autre. Je glane quelques informations pour enrichir un récit, j'apporte quelques gâteaux, je passe le temps…

A force de rendre visite à M. Corneteau, j'ai compris pourquoi il était toujours debout lorsque je frappais à sa porte. René effectue ses routines, tous les matins, qui lui permettent de maintenir ses muscles et ses articulations en bon état. Il fait des petits pas tout d'abord, puis des pas de plus en plus grands. Il tourne autour de son lit en marche avant d'abord, puis en marche arrière, tout en prenant bien soin de ne pas toucher le lit. Ne lui suggérez pas d'aller marcher dans le couloir, il en est hors de question. Il ne voudrait pas déranger le personnel qui travaille avec leurs gros chariots ! Non. Il fait des allers et retours autour de son lit, et ça lui va bien comme ça.

Lorsque je traverse le hall et que je salue Mme Berieau, celle-ci me demande : « Qu'est-ce qu'il se passe ? Qu'est-ce que je fais là », je lui réponds : « Tout va bien, vous êtes chez vous ». Mais elle ne comprend pas car chez elle c'est une maison à St Paul Mont Pénit. Pas un hall d'entrée.

Chaque résident continue de mener sa vie tranquillement, chacun à sa manière.

Marie me trouve maintes histoires avec quantité de détails à me raconter. Elle fêtera 100 ans dans 6 mois ! Une grande fête lui sera organisée, ça c'est sûr ! Elle recevra beaucoup de visiteurs, de boîtes de gâteaux et de chocolats. On boira un coup, des dizaines de photos seront prises pour immortaliser l'instant. On mettra de la musique et certains pousseront la chansonnette. Emile dégainera son index et jouera la mélodie de joyeux anniversaire au piano. Tout sera parfait. Et le soir en s'endormant avec un sourire fatigué, elle serrera ses petits poings frêles en priant Dieu de ne pas l'oublier.

J'ai entendu un jour l'appel d'une écrivaine dans l'émission « La Grande Librairie » présentée par Augustin Trapenard. Je ne me souviens pas de son nom. Je me souviens simplement qu'elle m'a dit qu'il fallait prendre un crayon, un enregistreur, n'importe quoi, mais qu'il fallait écouter nos vieux et bâtir des mémoires. Elle a ajouté une référence à un proverbe d'Amadou Hampâté-Bâ, tiré de son discours prononcé devant l'UNESCO : « Un vieillard qui meurt, c'est une bibliothèque qui brûle. » Peut-être aujourd'hui sommes-nous des centaines à avoir entendu cet appel et entamé cette démarche de préservation de notre mémoire. Allez savoir ! Peut-être vous-même, demain, vous prendrez votre enregistreur et irez écouter ce que la vie a à vous raconter. Je suis très heureuse pour ma part d'avoir décidé de franchir le seuil du Colombier pour y mener ce projet d'écriture. Quand on pense à une maison de retraite, on ne pense pas vraiment à un endroit où l'on pourrait faire une rencontre heureuse. Ce n'est pas le dernier bar à la mode ! Pourtant, Marie, René, Elise, Mamie Guéguen, Roger, Fernande, Jeanne, Madame, Eliane, Emile, Mme Berieau… m'ont permis de passer des moments inoubliables et d'accéder à nos racines communes qui manquaient à ma vie, sans même que je ne m'en sois jamais aperçu. J'ai grandi à Chantonnay mais n'y ai pourtant aucune attache.

Aujourd'hui, grâce à leurs partages, je me sens pousser de vraies racines à Saint Étienne Du Bois, ville dans laquelle je réside depuis 17 ans maintenant. J'ai désormais hâte que ce projet se concrétise sous la forme d'un beau livre, d'un bel objet, afin de leur rendre hommage. Je me laisse jusqu'à la fin de l'été pour terminer la rédaction et trouver un moyen d'édition. Un cycle se sera écoulé depuis que j'aurai commencé. Une année. Un automne, un hiver, un printemps, et un été. J'aime cette temporalité. J'aime à penser qu'au prochain automne, le spectacle de la précipitation lente d'une forme de vie qui court à sa fin me mènera vers un autre projet tout aussi indispensable au bonheur !

Portraits

Renée à gauche, son frère et sa sœur

Marie au centre, son frère et sa sœur

Roger

Fernande

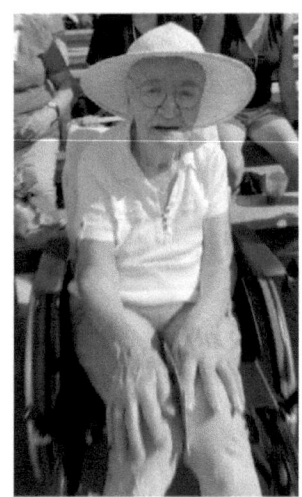

Jeanne Bazin

René Corneteau

Raymonde Neaulleau (Élise)
avec son cousin qui fut comme un frère

Émile Perraudeau

Eliane Guittet

Renée Berieau